Diary of a Provincial Lady

乡间夫人日记

[英] E.M.德拉菲尔德 著
李泾 译

生活·讀書·新知 三联书店

图书在版编目（CIP）数据

乡间夫人日记／（英）E. M. 德拉菲尔德著；李泾译. —北京：生活 · 读书 · 新知三联书店，2017.1
（文化生活译丛）
ISBN 978－7－108－05680－1

Ⅰ. ①乡…　Ⅱ. ①德… ②李…　Ⅲ. ①长篇小说－英国－现代
Ⅳ. ① I561.45

中国版本图书馆 CIP 数据核字（2016）第 064017 号

责任编辑　王　竞
装帧设计　薛　宇
责任校对　王军丽
责任印制　徐　方
出版发行　生活 · 讀書 · 新知 三联书店
　　　　　（北京市东城区美术馆东街 22 号 100010）
网　　址　www.sdxjpc.com
经　　销　新华书店
印　　刷　河北鹏润印刷有限公司
版　　次　2017 年 1 月北京第 1 版
　　　　　2017 年 1 月北京第 1 次印刷
开　　本　880 毫米 × 1092 毫米　1/32　印张 8.125
字　　数　142 千字　图 22 幅
印　　数　0,001－8,000 册
定　　价　32.00 元
（印装查询：01064002715；邮购查询：01084010542）

目 录

E. M. 德拉菲尔德及其时代

轻快的诙谐之中带着善意的讽刺，E. M. 德拉菲尔德的小说《乡间夫人日记》是同类作品中的一个经典。此书描写20世纪初期两次世界大战之间安详平静的英国乡镇生活，这是小说作者所熟知的环境和时代。德拉菲尔德(Delafield)生于1890年，她原名Edmée Elizabeth Monica de la Pasture，祖上是法国人，父亲亨利·杜卡罗尔是个伯爵，在英国蒙茅斯郡拥有领地。德拉菲尔德的母亲伊丽莎白·莉迪亚·罗萨贝尔本身是个有造诣的作家，她的伯爵丈夫去世后，改嫁休·克利福德爵士，这位先生是个英帝国海外殖民官员，曾服务于尼日利亚、锡兰和马来海峡。就家庭背景而言，德拉菲尔德算是出身于上流社会，虽然不是最顶层（比如，大家不确定，她作为一个贵族后裔，是否曾经被正式介绍给英国王室）。年轻的德拉菲尔德受到了良好教育，她的父母都曾漫游世界，而且都擅长以笔墨描述他们的经历。

如同当时其他上流家庭的女儿一样，德拉菲尔德在十九岁那年进入社交界，不过直到第一次世界大战之后她才嫁了人。其中的原因之一是她在二十岁出头的时候曾经考虑加入比利时的一个宗教团体，去当修女。世界大战爆发后，德拉菲尔德报名参加了英国的志愿救护队，被分派到埃克塞特的一个基地，在知名的救护队负责人乔治亚娜·布勒的领导下从事护士工作。虽然战争期间德拉菲尔德只是在后方服务，但这一经历改变了她的生活轨道，这也是她那一代年轻人的共同经历。德拉菲尔德在战争期间写出了她的第一部小说，叫作《泽拉看到了自己》（*Zella Sees Herself*），于1917年出版。也就是在这时，根据妹妹的建议，她开始使用“Delafield”这个笔名，这在一定程度上是为了有别于自己的妈妈，因为当时她的母亲已经是个知名作家。从那时起德拉菲尔德就在文学的田园里积极耕耘，不断有作品问世，前后共有三十余部，其中大部分是长篇小说和短篇小说结集，也有一些戏剧和文艺研究。在她的研究中，德拉菲尔德特别关注一些女性作家，比如19世纪多产而又广受欢迎的勃朗特姊妹以及夏洛特·扬。

第一次世界大战结束后，德拉菲尔德于1919年嫁给了工程师出身的亚瑟·保尔·达什伍德上校。如同德拉菲尔德的继父一样，达什伍德曾就职于英帝国海外领地，参与了香港海湾的整修，又在马来海峡工作过两年，后来才依照新婚妻子的建议返回英国本土。夫妻俩定居于英格兰西南部的德文郡，在那里达什伍德先生成为布拉德菲尔德庄园的一个管理人员，照看他祖上的财产。夫妻两人很快有了两个孩子，儿子莱昂内尔和女儿罗萨蒙德。德拉菲尔德本人很快融入了当地的小镇生活，在那里写作小说，也不时为杂志撰写文章。她还创办了妇女协会在肯蒂斯比尔小镇的分会，自任主席直到她于1943年去世。显而易见，德拉菲尔德的小说《乡间夫人日记》中的女主人公取材于她本人的小镇生活。比如，小说中乡间夫人的丈夫属于中上阶级；他们夫妻有一男一女两个孩子；女主人公本人花费许多时间参与妇女协会的事务，还经常琢磨是否可以撰文投稿给自己喜爱的杂志。小说中乡间夫人的密友，“亲爱的”露丝，其原型应该是德拉菲尔德本人的闺蜜玛格丽特·波斯苏马博士。小说中描写到的许多所谓难题和丑闻也都是英国小镇生活所常见，比如“我们的牧师夫人”频繁造访、折磨人的养花问题，还有为妇女协会寻找演讲人的种种难处。

在德拉菲尔德的《乡间夫人日记》中，家庭生活仍然保留了许多19世纪维多利亚时代的价值观念。书中的丈夫罗伯特是家庭生计的维持者。他在家时惜字如金，沉默寡言，极少表露自己的感情，可以说简约到了夸张的程度。事实上，即使在维多利亚时代，这种沉默而坚强的父亲形象也是一种口口相传的老生常谈。许多历史学家已经证明，19世纪英国的父亲们同样关爱家庭，富于情感，勤于照料孩子，他们与妻子的良好关系是家庭幸福的基石。当然，罗伯特这样的人物形象是英国幽默和嘲讽的一部分，他们这些人在家里通常就是默然无语，是个甩手大先生，但他们内心坚毅刚强，具有英国人所常说的"僵硬的上嘴唇"。因为有这种观念，老派的英国人认为，男人不应婆婆妈妈，不应耽于家庭琐事，即便自己的夫人在家务管理方面心拙手慢。《日记》中的乡间夫人负责家中事务，包括处理有关孩子的问题，她在这些方面算是个尽心的妻子与母亲，只是做事的效果总不是那么理想。比如，所谓的"佣人问题"就让我们的夫人非常头痛。就史实而言，早在19世纪40年代的英国，中上阶级就经常谈论佣人这个话题，也就是说，富裕家庭的女主人们抱怨请到好佣人之难，抱怨了起码一个世纪。在书中，尽管乡间夫人的家里有一个女侍、一个厨娘和一个照看女儿的家庭教师，她本人却很难开诚布公地与这些仆人谈话、批评她们失职的地方，因为她担心佣人们会一走了之。《日记》对于法裔家庭女教师也多有调侃，比如刻画拉丁人的歇斯底里倾向，这也是当时英国文化的一个梗。那时许多英国人觉得所谓拉丁人情绪冲动，暴躁不安，与沉静的英国人很不一样，所以英国人喜欢读到与此有关的文字。

尽管如此，《日记》一书还是表现出了那时的现代化进程。乡间夫人对于自己的容貌非常在意，她使用化妆品，做头发，想尽量打扮得时髦而又不花费许多钱财，她还不时参加鸡尾酒会，如此等等。这些都与维多利亚时代的夫人不同，那个时代的夫人们并不使用化妆品，也不把头发剪短，而且她们很少自己单独外出旅行。《日记》女主人公的家里已有了汽车和电话，这表明即使是英格兰的乡下也正在进入现代社会，尽管很多英国人试图阻止这个趋势。书中的夫人还经常担心自己不够现代化，尤其是作为一个母亲，因为那时所谓现代化的表现之一就是母亲不要总在孩子身边绕来绕去，应该让他们学会独立。两次大战之间还是弗洛伊德理论大行其道的时候，所以人们非常担心自己的溺爱会毁了孩子，这在书中也多有描绘。妇女的生活的现代化还有其他表现，比如乡间夫人参加文学俱乐部的宴会，她还是读书俱乐部的成员。在这个方面，19 世纪的女作家开辟了道路，20 世纪初年的女作家有了更多的成功机会，德拉菲尔德本人的文学生涯就是一个例证。

20 世纪初年是妇女运动长足进步的时代，实现了许多目标：1919 年，三十岁以上的英国女性取得了选举权；1928 年，英国妇女与英国男人一样，只要年满二十一岁就可以参加选举；这期间，女权主义者成立了各种组织，努力改善妇女的生活状况，尤其是帮助处在社会底层的妻子、母亲和女工。《日记》对乡间夫人所持政治立场的描述比较模糊，但我们可以看到，她虽然生活在一个颇为传统的家庭，仍然自视为一个女权主义者，因为就当时情况而言，女权主义不仅是一个政治运动，也是一种心理状态。这一时期女权主义运动的重点在于帮助妇女在社会中更好地扮演她们固有的角色，而且那时女权主义的推动者也愿意与政府合作，她们并不试图打破妇女当时的生活环境。《日记》中的丈夫罗伯特看上去似乎是颇为大男子主义的一家之长，但他并不反对自己妻子的文学企望，正如现实生活中德拉菲尔德的丈夫也不反对德拉菲尔德的文学活动。较之于她所创造的文学形象，现实中的德拉菲尔德是个更积极的女权主义者。她的一些作品中直接涉及时事，比如她出版于 1918 年的《战时工人》（*The War Workers*）讲述第一次世界大战中妇女工人的故事，而出版于 1924 年的《郊区的梅瑟丽娜》（*Messalina of the Suburbs*）则考察那时一件非常著名的谋杀案，案子中的主角爱迪丝·汤姆森于 1923 年因谋杀丈夫被判处绞刑。一般说来，德拉菲尔德的作品意在娱乐，甚至有一些过分如此。事实上她本人的生活中有一些非传统的方面，只不过她或者把这些方面包装成不得不做的"职责"，或者就以幽默掩盖。我们应该想到，这个女人在第一次世界大战中从事救护，在第二次世界大战中又为国家信息部工作，她可以自食其力，以写作为生达二十六年之久。

在《乡间夫人日记》中，德拉菲尔德经常提及一份杂志，《时代与潮流》，这是历史上确实存在的一个出版物，它与当时的女权主义运动有关，尤其是与偏于左翼的所谓“六点方案组织”关系密切。《时代与潮流》的主编当时是朗达子爵夫人玛格丽特·麦克沃斯，这是一位较为激进的女权主义者，有许多自己的想法和追求。事实上，正是朗达夫人向德拉菲尔德提出建议，让她为自己的杂志写一本小说。那是1930年，郎达夫人对德拉菲尔德说，她的杂志需要一些轻松文字，可以连载。德拉菲尔德接受了郎达夫人的建议。她决定描述她观察到的生活中的一些趣事，并采用日记文体，以方便讨论各种不同的话题。德拉菲尔德的文字在《时代与潮流》连载刊出后，受到读者的欢迎，于是结集作为一部小说出版，这就是《乡间夫人日记》。此后德拉菲尔德又以乡间夫人为中心人物写出三部续集，分别是《乡间夫人更进一步》（*The Provincial Lady Goes Further*，1932年）、《乡间夫人在美国》（*The Provincial Lady in America*，1934年），以及《乡间夫人在战争中》（*The Provincial Lady in Wartime*，1940年）。德拉菲尔德这些作品对于许多英国妇女有比较直接的吸引力，超过了当时许多其他种类的小说，比如政治小说、言情浪漫小说或者类似现代派作家弗吉尼亚·伍尔芙的作品。这是因为这些英国妇女读者多有作为家庭主妇的责任和经验，她们需要处理自己的家庭事务，照管孩子的教育问题，如此等等，这使得她们更容易在德拉菲尔德的书中发现自己。

在《乡间夫人日记》及其续集中我们也可以观察到阶级的特权，比如所谓的“佣人问题”就是富裕人家才有的问题。《日记》中的乡间夫人不断透支银行账户，那是因为她有不必要的开支和过度消费。她那个阶层的人们，花销常常超出他们的收入，不时要用到他们的信用额度，而一般的工人阶级家庭则不可能在商铺赊账，也不会有银行工作人员催账，因为他们根本就借不出钱来。另外一个值得注意的地方是，1929 年华尔街股票市场崩溃，随后美国以及世界陷入经济大萧条，这些历史事件在《乡间夫人日记》中完全没有表现。事实上，1929 至 1932 年期间，英国的钢铁产量下降了 50%，煤炭产量大跌，出口萎缩了一半，造船业急剧减产 90%，全国各地的造船厂接连关门倒闭。在英国一些地方，特别是苏格兰、威尔士和英格兰北部，长期性失业率高达 10%～20%。大量工人失业，他们只能靠政府救济维持生活，一周的救济金只有十个先令，仅及通常工资的三分之一。所有这些灾难性的事件都没有反映在《日记》中乡间夫人的生活里，毕竟这位夫人有自己的利息收入，她丈夫有固定资产，她的儿子上私立学校，女儿有家庭教师，夫人自己还可以透支信用购买新衣服，参加聚会和酒宴，甚至续集中还在伦敦拥有了一处公寓。较之于当时英国的凄凉状况和周围人的真正痛苦，乡间夫人关于自己财务困难的抱怨实在是微不足道。但是德拉菲尔德的小说还是受到欢迎，就跟当时的好莱坞电影一样，这大概是因为人们有逃避现实、陶醉自己的倾向。不过，即便乡间夫人没有表现出对于劳工群众的关注，她的形象也还不是那么让人心烦，因为她还算是个比较自省的人，能够控制自己的抱怨，也能够认识到自身的局限性。

《乡间夫人日记》于 1930 年问世之后就一直受到读者的欢迎，从未绝版。它能获得成功，在很大程度上是在于它自嘲的风格、英式的低调，当然还有其不可置疑的文学魅力。书中的夫人知道自己的弱点，能够坦白地承认自己的不足之处，只不过她还是一如既往地自行其是。乡间夫人的自我反思并不是那么死板严苛的自责，而是善意地邀请读者与她一起欢乐地审视她以及她邻居们生活中的诸多稀奇古怪之处。从这一角度来看，《乡间夫人日记》很好地继承和发扬了英国人自嘲的传统。比如，早在在德拉菲尔德的这部作品出版之前的 19 世纪 80 年代，格罗史密斯兄弟就发表了他们的《小人物日记》(*The Diary of Nobody*)，嘲讽了中产下层的英国人士的普通生活。在她本人的小说中，德拉菲尔德描绘了一类特别的英国人，他们看上去好像是笨拙地"胡乱应付"日子，常常搞到处境窘迫，但他们实际上受过不错的教育，英语口音高尚，举止得体，品格也还比较坚强，所以他们往往最后都能逢凶化吉，把日子“混”下去。德拉菲尔德本人大概就有这样的个人体验。

在忍受了几年的病痛之后，德拉菲尔德于 1943 年去世。那时德拉菲尔德的女儿罗萨蒙德已随她的丈夫迁居加拿大，德拉菲尔德的母亲还在世，她在女儿走后两年故去。德拉菲尔德的儿子莱昂内尔死于 1940 年，也就是德拉菲尔德去世之前三年，大概是自杀。应该说德拉菲尔德的晚年是不幸的。尽管如此，德拉菲尔德仍积极写作，并充任本地妇女协会的主席，直到生命结束。她的最后一部小说，《迟到的不久将来》（*Late and Soon*），就出版于她去世的那一年。尽管经历了战争、疾病和家人早逝等种种不幸，德拉菲尔德终生孜孜不倦，进取不止，就像自己作品中的人物一样。她的作品时常被后来的一些文艺作品所提及，比如摄制于 2003 年的有关英国妇女协会的电影《挂历上的女人们》，又如 2004 年美国卡通系列剧《辛普森一家》中的一集，《疯狂主妇的谩骂》，其中一个女性作家显然是对德拉菲尔德的滑稽模仿。2014 年，英国国家广播公司还播出了一个根据《乡间夫人日记》改编的广播剧。虽然乡间夫人对于自己的生存意义曾经有过焦虑，但事实上她从未消失，也从未过时。

金婕 · S. 弗罗斯特（Ginger S. Frost）

美国阿拉巴马州伯明翰市桑福德大学

（李泾　译）

乡间夫人日记

11 月 7 日　在家里种植风信子花。我正忙着，鲍克斯夫人来访。“见到你真高兴。”我言不由衷地说。我请她坐下，让她稍等，我把花侍弄完。鲍夫人气定神闲，就要往扶手椅里坐下去，那里我已放着花盆和一袋木炭。她在最后一刻发现，移身落座在沙发上。

你知道吗，鲍克斯夫人开口说，现在栽种球茎花已经太晚了。9 月，最晚也就 10 月，才是种花的季节。你知道吗，她又说，提供风信子花的商铺只有一家靠得住，就是位于哈尔拉姆的那个什么什么。我没听清她说的那家公司的名字，好像是荷兰语，但我回答说，是的，我知道，不过我觉得自己应该尽公民义务，购买大英帝国的国货。当时和现在我都觉得自己的那一答复非常机智。可惜，稍后维姬来到客厅，进来就嚷：“嗨，妈咪！这就是咱们在沃尔沃斯美国百货搞到的那些花吧？”

鲍夫人留下用茶。（备忘：面包和奶油稍厚。提醒埃塞尔。）我们又讨论了一阵子花卉、荷兰派绘画、教区牧师的妻子、坐骨神经痛以及小说《西线无战事》。

（问题：终年居住乡间的人们是否能够真正懂得谈话这门艺术呢？）

鲍克斯夫人询问家里孩子们的情况。我跟她讲起罗宾时，故意漫不经心地说“那小子”，以免让她觉得我有自夸和溺爱的倾向。我说那小子在学校表现还可以；再就是家里的法国教师提到，维姬好像感冒了。

你知道吗，鲍夫人说，感冒这习惯绝不是必然的，每天早餐之前用盐水为孩子清洗鼻腔，一定可以避免感冒。对此我想到了好几个机智的答复，可惜都是在鲍夫人被她的宾利车接走之后了。

花种好了，把它们搬到地下室。后来觉得地下室有凉风，改变了主意，把所有的花都放到了阁楼里。

厨娘说，炉子有问题。

11月8日　罗伯特看了下炉子，说没什么问题。他又提出一个缺乏想象力的建议，说是可以把炉子的风门去掉。厨娘非常气愤，好像要辞职。我试图安抚，对她说，过两天我们要去伯恩莫斯参加罗宾的期中活动，那时她们留在家里，可以稍作休歇。厨娘义正辞严地回答：她们将会利用这个机会把家里各处再打扫一下。我都希望自己能相信

她这话。

为伯恩莫斯之行做准备，不很顺利。罗伯特上阁楼去拿行李箱，打破了三个花盆。他说他以为我把花放在地下室了，怎么会想到它们在阁楼里。

11月11日　在伯恩莫斯。发现历史就是那么没有悬念地重复自己。同一家旅馆，在学校里寻找罗宾时同样的混乱和匆忙，见到同一帮家长，他们之中的大多数也还是下榻在同一家旅馆。与那些家长们说些去年说过的同样的话，跟前年说的也一样。我向罗伯特提到这一点，他没有回答。也许他也怕重复自己以前说过的话？那么，问题来了：如果罗伯特并不搭腔，他是否听进了我说的话？

见到了罗宾，发现他比较消瘦。我对舍监女士提起这点，她非常快活地说，哪里呀，罗宾这学期还胖了一些。然后她就开始讲起学校的什么新建筑。（问题：为什么所有的学校都非得每六个月就盖一座新楼？）

把罗宾带出去吃饭。他吃了好几份餐，外加许多糖果。他找来一个朋友，罗伯特和我就带着他俩去考夫城堡玩耍。孩子们爬上爬下，罗伯特默默地抽烟，我就随便地坐在石头上。旁边走过一个女人，她朝着城堡的半腰望去，评论道，这碉堡看上去好*脆弱*。我在旁边听到，觉得她的形容挺奇特，因为这城堡站在这里已经好几百年了。还是那个女人，她爬过一块极为稳当的巨石，马上说，很明显，这岩石是从哪里哪里掉下来的。

把孩子带回旅馆吃晚餐。在他的小朋友走到一边的时候，罗宾说："咱们把威廉带出来玩，是做了一件慈善的事情，对不对？"我赶紧表示，我们很高兴能有这样的机会和荣幸帮助别人。

吃完晚饭，罗伯特把孩子们带回去。我坐在旅馆的客厅，与其他几位母亲交谈。说到自己孩子的时候，我们都用那种随意带过的口气，讲到别人孩子的时候，我们都表现得非常热情。

她们问我对小说《哈丽特·休姆》有什么想法，这个我不能回答，因为我还没有读过此书。然后我就有一个非常沮丧的预感，就是这回恐怕就跟上次《奥兰多》那事一样，在未读那书之前，我能够对它做出颇为聪颖的评论，但当我真的试图阅读那书时，发现自己一点儿也看不懂。

罗伯特很晚才上楼来就寝。他说他在楼下看《泰晤士报》睡着了。（问题：为什么跑到伯恩莫斯来做这事？）

收到鲍克斯夫人的一张明信片，问我是否记得 14 号那天妇女协会要召开委员会议？甭指望我会对此做出回复。

11 月 12 日　昨天回到家里，再一次吃惊地意识到，每次旅行回来之后，家里都有不少灾难在等待我们。厨房

炉子的问题导致没有热水供应，厨娘说羊肉吃完了，让我去跟肉贩讲一讲，没有羊肉实在不行。与羊肉的命运不同，维姬的感冒倒是还在。法国女教师说："Ah, cette petite! Elle ne sera peut-être pas longtemps pour ce bas monde, madame." ["啊，夫人，这小人儿也许不久于世了呢！"]希望这只是她的拉丁做派，喜欢把事情戏剧化。

罗伯特饭后阅读《泰晤士报》，睡过去了。

11月13日 与维姬进行了一段有趣但是让人不安的讨论，是关于那么一个可怕的地方，维姬一直把它叫作"地域"（H.E.L.）。我执意要做一个思想现代的家长，所以一再跟她解释说，没有这样一个地方，过去没有，将来也不可能有这样一个地方。但维姬坚持说，有，并让我去看《圣经》。我于是变得比以往任何时候都更加现代派，对她说，永久惩罚这个观念是一些人编造出来的，只是为了吓唬人。维姬气愤地说，她一丁点儿都不害怕，她就是非常喜欢琢磨"地域"这件事情。觉得我们陷入了僵局，只好随她用那奇异的方式自娱自乐。

（问题：现代儿童会不会起而反抗现代？如果这样，我们这些现代化的家长又应该如何应对？）

银行的来函让我非常担心，他们说我已经透支了我的账户，有八镑四先令四便士之多。这真不可理解，因为我觉得自己账户里应该还有二镑七先令六便士。有些心烦，因为银行户头、现金箱和支票存根之间对不上账。（备忘：找到一个信封，有我随手记下的在伯恩莫斯的花销，还有一张小纸片，大概是杂货记账簿的最后一页，上面写着待处理的现金花销记录。这样大概可以把事情搞清楚了。）

到阁楼放置行李箱的时候顺便看了看自己栽种的花。不得不说，情形不好，家里的猫似乎曾经造访过。如果属实，这就是压死骆驼的最后一根稻草。心中暗想，可以对鲍克斯夫人说，已经把花送给了一位住院的朋友。

11月14日 《每月一书》的推荐著作寄来了，但是我很失望。推荐的那个作者我不喜欢，讲一个什么地方的历史，对那地方我也不感兴趣。把书放回邮袋，在推荐目录上又重选了一本。然后就看到袋子里还有与原书一起寄来的推介短函，其中准确地预测到我眼下正在做的事情，并把我这个行为描述成“终生之错”。我很生气，倒不是因为我犯下了什么“终生之错”，而是因为现在人们的行为如此雷同，以至于聪明的作者们能够精准地预言我们将要做什么。

决定不对鲍克斯夫人提起上面的插曲。她本来就看不大起《每月一书》这种事情，总是表现得那么优越，好像她才不需要别人指点阅读什么。（应该就此想出一个机智的答对。）

下午收到一个信件，来自我在学校时期的亲爱朋友茜茜·克雷伯。茜茜要去诺里奇，路过这里，问我是否可以来住一两个晚上。（问题：干吗去诺里奇？我一直都觉得奇怪，为什么会有人前往诺里奇，住在诺里奇，或者来自诺里奇。当然我这想法也没有什么道理就是了。不过这也提醒我，我们虽然生活在英格兰，对英格兰实际上知之甚少。这又让我想起关于这一点好像有那么一句格言。最终未能记起那句格言。）

茜茜写道，我们上次见面已是多年以前，两人肯定都有很大变化。附记：你是否还记得那个可爱的古旧池塘，以及事关西班牙竹芋的那一天？我回想了一阵子，好像是记得有那么一个宝贝的古旧水洼，在茜茜父亲花园的底端，但是，西班牙竹芋？这个让我好困惑。（问题：这也许是夏洛克·福尔摩斯的一个故事？听上去挺像的。）

给茜茜写了回信，说，我们见到她一定会非常开心，大家分开了这么久，有那么多的事情可以谈谈！（又想了想，这样说并不实在。当然也不会因此重新写信。）将西班牙竹芋忽略不提。

对罗伯特说，我的一个亲爱的学校时期的朋友将要来访。他听了之后好像没有那么高兴。他问道，我们跟她一起做什么？我提议可以让茜茜看看花园，然后马上意识到现在天冷了，不是那个季节。我说，不管怎样，聊聊旧日时光，不是挺好——（这又让我想到，西班牙竹芋那事情还没有琢磨出来）。

向埃塞尔问起那个空闲的房间，结果事情又让我恼火：一个蓝色烛台被打破了，床前的小地毯在清洗店里，不能及时取回。我把罗伯特更衣室里的地毯挪到了空闲房间，希望他不会留意。

11月15日 罗伯特注意到他房间里的小地毯不见了，要求马上找回来。只好把那小地毯还给他，又到育儿室里拿出一个面积小、质量差的染色脚垫，放到客房里。根据维姬的转述，法国女教师因此感情受伤，抱怨说，在这个国家里她就像是一只小小的蠕虫。

11月17日 亲爱的学校时期的老朋友茜茜·克雷伯今天乘坐3点的火车抵达。把这消息告诉了罗伯特，但他说不方便前去接车，因为教堂委员会有事，他要过去。不过他后来还是同意放弃那个教堂会议。我因此有点儿感动。不幸的是，罗伯特出发不久，来了一封电报，说是学校时期的亲爱的老朋友错过了中转列车，要到7点才能抵达。这意味着晚饭要推迟到8点，厨娘肯定又要闹情绪了。埃塞尔今天下午休息，不能到厨房传达这个消息，我只好亲自过去通知厨娘。正如我所预期，厨娘不高兴。罗伯特从

车站回来，他也不高兴。法国小姐不可理喻地说了句："Il ne manquait que ca!"["空手而归了！"]（这话毫无来由，罗伯特没有接到茜茜，跟她有什么关系。过去就觉得法国人有时比较粗鄙。）

埃塞尔回来了，晚了十分钟。她问是否要把客房的壁炉点起来。我说，不必了，天还没有那么冷。我知道，我实际的意思是，茜茜不是那么尊贵的客人，没有必要奢侈。后来觉得这个态度不够大气，就自己到客房里把火点了起来。这时发现那壁炉漏烟。

罗伯特在楼下问，怎么有烟？我回答，没事儿。罗伯特跑到楼上来，把窗子打开，把门关上，说，这就可以了。我没有向他指出，窗子开着，房间不就冰凉了？

在客厅里跟维姬玩骰子游戏。

罗伯特阅读《泰晤士报》，睡过去了。不过他及时醒来，第二次远征车站。我欣慰地看到，这次他接到了茜茜·克雷伯。茜茜体重见增。她对我说，咱们两个的变化都挺大。她把这话重复了几遍，我觉得没有必要。

我把茜茜带上楼去——客房里冰凉，像间冷藏室，当然是因为窗子一直开着。壁炉也还是漏烟，只是势头稍弱。茜茜说房间很可爱。我对她说，别客气，需要什么就讲，然后就离开了房间——（备忘：嘱咐埃塞尔，如果客房铃响，她必须应答——希望不会有铃响。）

"ROBERT READS THE *TIMES.*"

罗伯特阅读《泰晤士报》

在为晚饭着装时，我问罗伯特，他觉得茜茜怎样。他说，见面不久，无从判断。问他茜茜是否漂亮。他说他没想过这点。问他从车站回来的路上他俩聊了些什么。他说不记得了。

11月19日 过去的两天实在让人心慌意乱，主要因为我们意外地发现茜茜·克雷伯正在节食。罗伯特因此对她厌烦。仓促之下找不到扁豆或者柠檬之类的事情让家政管理格外混乱。法国家教小姐在午饭时还执意讨论节食问题，反复感叹了几次："Ah, mon doux St. Joseph!"［"啊，我亲爱的圣约瑟夫！"］我觉得那是亵渎神灵，让她不要再这样讲。

种下的球茎花好像被老鼠啃食过。向茜茜询问了她对种花的意见。她说：需要大量浇水。她还向我介绍了她自己在诺里奇种植花卉的情形。她的话让我有些气馁。

对栽种的风信子进行了大量浇水操作（水量如此充沛，以至于一些水渗透了阁楼地板，滴到了楼下）。又把一半花卉从阁楼搬到地下室，因为听茜茜说阁楼里死气沉沉。

我们教区牧师的夫人今天下午前来造访。她说，她曾经认识的一个人在诺里奇有亲戚，但她不记得那些人姓甚名谁了。茜茜说，如果我们告诉她这些人的姓名，她一定曾经听说过他们，甚至认识他们。我们都同意这世界确实是个小地方。我们进而又讨论了里维埃拉海滨、时兴的腰身线、唱诗班排练、佣人问题以及工党领袖拉姆齐·麦克唐纳。

11月22日　茜茜·克雷伯动身离去。她一再热情地邀约说，如果我到诺里奇，一定要住在她那里（她此前已对我说过，她居住在一个独室公寓，养了两只猫，自己在气炉上做饭）。我说，好的，有机会我一定去住。我们激情洋溢地向彼此道别。

整个早晨都在写信，因为茜茜的来访耽误了回复。收到鲍克斯夫人的邀请，要我们前往参加晚宴，去见一见正在她那里逗留的一些知名的文学朋友，其中的一位是《三个性别的交响曲》的作者。考虑了一下，决定不要透露我从未听说过什么《三个性别的交响曲》，只是简单地回信接受了宴请。心里还是有些疑窦，决定向图书馆打听一下这本书。琼斯先生回答问题时使用的腔调确认了我的质疑。他说，馆里现在没有这本书，也从来不曾有过。

询问罗伯特，我应该穿哪件礼服参加鲍克斯夫人的晚宴，是蓝色的，还是那件黑色金色搭配的。他说哪件都可以。问他是否记得起我上次晚会穿的是哪件，他说不记得。法国小姐说，她记得是蓝色那件，她还说她可以把金黑相间那件略作修改，让它看上去焕然一新。我同意了，于是她就把那件衣服的后背剪去了一大块儿。我说："Pas trop décolletée。"［"不要剪得太靠下啊。"］她机巧地回答："Je comprends, Madame ne desire pas se voir nue au salon。"［"我懂得，夫人不想在沙龙里裸露玉体。"］

（问题：难道法国人不是对事情有一种奇怪的表达方式？这会不会对维姬有什么不良影响？）

对罗伯特说到那些知名的文学朋友，但没有提起《三个性别的交响曲》。他未做任何评论。

拿定了主意，如果鲍夫人坚持把我们特别介绍给知名文学朋友或类似的什么人，作为我们的代理人以及代理人的夫人，我们就会立即离开那地方。

向罗伯特讲了这一想法。他未置可否。（备忘：把晚会穿的礼服鞋放在窗外，也许凉风可以吹去鞋油味。）

11月25日　早晨去做头发、修指甲，为赴鲍克斯夫人的晚宴做准备。还想新买一双长筒丝袜，但令人沮丧的是，银行来信仍然坚持我已经透支了账户，所以只好搁置这一计划。弗里皮和科尔曼先生来信中的言辞令人不快，他们让我以邮政方式支付欠账。想了想，觉得最好不要对罗伯特提起此事，因为最近又刚有煤炭、税款等等支付。于是非常客气地回复了弗先生和科先生，告诉他们几天之内就会寄去支票。（希望他们会以为我只是暂时找不到自己

的支票本。）

法国家教小姐修改后的金黑两色礼服看上去令人满意，只是我不得不把头发来回做了五遍，因为发卷定型不好。不幸的是，我正在涂抹我最新的昂贵唇膏，罗伯特进来了，他极力反对唇膏的效果。

（问题：如果罗伯特常去伦敦走走，也许会在这类事情上更有眼光？）

罗伯特启动汽车时遇到了小麻烦，我觉得我们赴宴肯定要晚了，但罗伯特不喜欢被催促。不得不说，罗伯特是对的，我们到达时，其他所有的客人都还没来，甚至鲍克斯夫人也还在楼上。在客厅各处我看到有十数盆罗马风信子花。（这肯定都是花匠种植的，不管鲍夫人自己怎么说。决定不对这些花做任何评论，虽然下意识里我觉得自己在这一点上有些心胸狭隘。）

鲍克斯夫人从楼上走下来。她身穿蕾丝晚礼裙，裙边施施然拖在地板上，礼服还有一个新式的腰身。我觉得她的这身装扮不是很庄重，但肯定会让其他所有人的裙装显得黯然失色。

除了我和罗伯特，参加晚会的还有另外九位客人，他们多数就住在鲍克斯夫人的宅邸。鲍夫人没有做个别介绍，但我觉得，那个好像身披蓝色挂毯的女士就是《三个性别的交响曲》的作者。晚餐就要开始的时候，鲍克斯夫人低声对我说："我安排你坐在威廉爵士身边。他对供水问题颇感兴趣，我觉得你可以跟他谈谈当地的情形。"

意外的是，威廉爵士几乎马上就对我谈起了计划生育。不知道我们怎么就聊起了这个话题，但我觉得这完全好过什么供水。在桌子的对面，罗伯特的身边坐着《三个性别的交响曲》。希望他还过得去。

交谈在宾客之间展开。除了罗伯特之外，每个人都在议论书籍。我们都说（a）我们都读过了《好伴侣》；(b）那本书很厚；(c）美国的每月一书俱乐部选择了这书，所以它应该卖得很好；(d）就卖书而言，美国的销量才是关键。我们然后就转而讨论《牙买加风云》。大家认为（a）这书挺简短；(b）大家或者厌烦，或者喜欢这本书；(c）它的描绘真的很像孩子们的行为。有几个人争辩说，不可能，他们实在不能相信世界有什么小孩会没有留意到那个约翰已经不在了；他们可以接受其他任何事情，但就是不能接受那一点。讨论进行得非常热烈。坐在我左手边的是个面色苍白的年轻男子，脸上带着犀牛角框架眼镜。我们两人讨论起牙买加，虽然我们两个人谁也未曾去过那地方。然后话题就不知怎样转向了猎鹿和顺势疗法。（备忘：如果有时间的话，考究一下话题如何逐步转移会是一件有趣的事情。第二，有了一个非常令人不安的想法，也就是所谓思路这东西其实并不存在。）正当我与那年轻人开始讨论如何在玻璃房里种植黄瓜的时候，鲍克斯夫人站了起来。

我们于是跟着她来到客厅，大家都说很喜欢见到壁炉里的火焰。房间里很冷。（问题：这对球茎花卉好吗？）身披蓝色挂毯的女士解开她的头发，对大家说她正在留长发，然后又把头发盘了上去。我们开始讨论头发。我非常失望地看到世界上所有的人，也就是除了我自己之外，都留有长发，或是正在留长发。鲍夫人说，现如今的社交界里，无论是在伦敦、巴黎还是纽约，哪里还看得到像木瓦盖一样的脑壳。她这是一派胡言。

后来发现，那个身披挂毯的女士与文学毫无关系，她是个政府卫生检察官。《三个性别的交响曲》的作者，就是那个刚才坐我旁边、面色苍白、戴着眼镜的年轻人。鲍克斯夫人问我，你有没有让他谈谈变态？他讲那个话题非常有趣。对此我给予了含混的回答。

男士们进来了，客厅开始暖和了一点儿，但是他们又都挤到了台球屋里。鲍克斯夫人宣布要用台球做一个游戏，这游戏需要参加者的眼睛有一种视正能力。很显然我们中间的大多数人都没有这个技能，真是好无趣。出人意料，罗伯特把这个游戏玩得很好。我非常高兴，觉得比起写作什么《三个性别的交响曲》，这是赢得名声的更好方法。

回家的路上我就此祝贺罗伯特，但他对此没有回应。

11月26日　早餐时，罗伯特说，我们年纪大了，熬不起夜了。

弗里皮和科尔曼至为抱歉地通知，他们不能让我的账户继续透支了，如果我不能马上回复并寄去支票，他们深表遗憾，将不得不采取进一步措施。我于是致函银行，从储蓄账户向活期账户转款，计六英镑十二先令十便士。（储蓄账户内尚存三英镑七先令二便士，这就可以避免此账户被关闭。）决定等到下个月再付牛奶账单，并且让洗衣店记账，以后再结算。这样我就可以在12月1日之前将支票寄达弗先生和科先生，那时会有津贴进账。财政不稳让人颇费心力。

11月28日　弗先生和科先生寄来收据，表示将会为我竭诚服务。他们显然没有意识到，为了跟他们结清账目，我做了多么巨大的努力。

12月1日　露丝发来电报，说她10日乘船抵达蒂尔伯里。我回电表示欢迎，说我会在10号前往蒂尔伯里迎接她。我告诉维姬，她的教母、我亲爱的朋友露丝，在旅居美国三年之后就要回来了。维姬说："哦，她会给我带个礼物吗？"我不喜欢她这种唯利是图的态度，于是向法国小姐指出。小姐回答说："Si la Sainte Vierge revenait sur la terre，madame，ce serait notre petite Vicky."［"夫人，如果圣女玛丽亚从天而降，那就是我们的小维姬呀。"］对此我完全不能同意。况且，在另外其他场合，小姐直接把维姬叫作"小妖精"。

（问题：这些拉丁人是否总是像人们设想的那样直截了当？）

12月3日　露丝电传报告，实际上是8号在普利茅斯靠岸。回电，再次表示欢迎，会在普利茅斯迎接她。

罗伯特采取一种反感的态度，说这是浪费时间与金钱。我不清楚他指的是发电报还是前去接船，但是觉得最好不要再追问。决定7号前往普利茅斯（备忘：走前付账给食品店老板，并告诉他，上次提供的那些姜汁饼干过于松软。事先看一下埃塞尔是否把饼干桶盖紧了。）

12月8日　在普利茅斯。昨天晚上来到这里，一直风急雨骤，客船延迟靠岸。对露丝的状况极为担心，她或许正饱受晕船的折磨。大风在旅馆四周怒吼，暴雨拍打着窗户，一整晚都不停歇。我不喜欢所住的房间，有一种不安的感觉，认为这房间里过去发生过一桩谋杀案。房间角落里的那扇门看上去很神秘，大概隐藏着一具尸体。我回想起自己读过的所有类似的故事，以至于总也不能入睡。最后忍耐不住，起身打开了那个神秘的门。那后面是一个挺

大的橱柜，没有尸体。又回到床上。

到了早晨，风雨更加狂暴。心里还是惦记露丝。她大概会完全崩溃，被人从船上抬下来。

去轮船公司打探消息，被告知客轮应该10点到达码头。我过去做过此事，所以已有经验。我穿上衰衣，带上折叠椅，并携有我能找到的最厚的一本书，德莱赛的《美国悲剧》，前往码头静候。在码头上看到一位老态龙钟的夫人在旁边来回踱步。她步履蹒跚，终于让我感到内疚，于是我提议把自己的折叠椅让给她坐。她说："多谢，多谢。我的戴姆勒汽车停在外面，如果我想坐下，可以回到那边去。"

心里受到一点儿打击。继续阅读《美国悲剧》。

发现《美国悲剧》这本书有点儿让人压抑，但还是坚持阅读了大约两个小时。这时一个警察过来说，接应船就要开出去了，问我是否要搭乘。我合上《美国悲剧》，带上我的折叠椅，登上那艘小艇。又读书四十分钟。（备忘：问问露丝，美国生活是否真的如同书中描写的那样？）

接下来的半小时让人非常非常不舒服。折叠椅在小艇上有不停地滑来滑去的倾向，只好暂时放弃阅读《美国悲剧》。

几个貌似与航海有些关系的男人在旁边走来走去，不时地打量我。其中一个问我是否是个好水手？告诉他，不是，我不是。不久，客轮出现了，就好像从海浪里一下子冒了出来，船上面各种缆绳这里那里到处牵挂着。我刚刚看到大船上的露丝，一个巨浪把接应艇从客轮旁边打开了。

我安慰自己说，起码露丝并不需要被人抬下船来。然后就想到，真正遭罪的说不定是我呢。

巨浪、无数的巨浪不停地打了过来，一切都在动荡中。

我坐回到折叠椅上，但是实在没有可能继续阅读《美国悲剧》。一个身穿油布衣的男人对我说，小姐，你坐在那里碍事了。

我带着折叠椅和《美国悲剧》，挪到另外一个角落。一个脚蹬水手靴的男人说，你待在那里，会被冲来撞去、搞得很惨。

再次搬迁，带着我的折叠椅和《美国悲剧》。还好，心中略有安慰，因为他们都称呼我为“小姐”。

在接应艇上下颠簸之际，我从一个非常诡异的角度瞥见了露丝。跳板终于放了下来，我，我的折叠椅，还有《美国悲剧》，成功登上客轮。然后我就意识到，其实可以把折叠椅和《美国悲剧》留在下面。

亲爱的露丝对我不辞辛苦前来迎接表示衷心感谢。她说她的海上旅行毫无问题，在昨夜的风浪中她安睡如常。我努力振作自己，不让自己因此心中受伤。

12月9日　露丝在我们这里停留两天，然后转赴伦敦。她说，所有美国住宅无论何时都非常温暖。这让罗伯

特心中不快，他讲，所有美国住宅都闷热不堪、令人发指。不得不说，如果罗伯特曾经去过美国的话，他的断言会更有说服力。露丝对于美国电话服务的效率也极为赞赏，而且她在早餐时还要喝冰水，这一点罗伯特也很不屑。

除了这些问题之外，亲爱的露丝一点儿也没变。她说，如果我到伦敦去，可以随时住在她位于西区的公寓。我十分得体地接受了她的邀请。（注意：这与我的学校时期的老朋友茜茜·克雷伯真是迥然不同，后者只有独室、煤气灶，还是在诺里奇！当然我绝对不应该有什么势利的想法。）

根据露丝的建议，又把种有球茎花卉的花盆从地下室搬到客厅里。它们其中的几株已经抽出芽苗，可以清楚地看到了，只是看上去病病恹恹。露丝说，浇水太多了。看来茜茜·克雷伯对此负有极大责任。（备忘：如果鲍克斯夫人前来造访，应该把花盆搬到楼上，或者让埃塞尔把客人带到晨间起居室就座；实在不能再跟鲍克斯夫人讨论这些花卉了。）

12月10日　罗伯特今天抱怨，早餐分量不够。我觉得不大可能，餐品中有麦片粥、炒鸡蛋、烤面包、果酱、烤饼、黑面包以及咖啡。但是必须承认，麦片粥有点儿烧糊了。我评论说，烧糊的麦片粥让人想起小说《简·爱》主人公在娄伍德学校的故事。这个典雅的文学典故并没有

COOK.

厨娘

像我期望的那样分散罗伯特的注意力，他建议打铃把厨娘叫过来。我费了许多口舌让他相信，这样做会有灾难性的后果。

最后我只好亲自前往厨房。到了那里，先是随便谈论了其他一些事情，然后极为小心并策略地提起烧糊的麦片粥。正像我所预料的那样，厨娘的反应是满脸的意外与不可置信。她言之凿凿地指出，这肯定是炉灶又出了问题。她还说，没有双层蒸锅、煮鱼盛盘，实在不行，而且育婴室也急需茶杯。我谨慎地指出，不是最近刚买过茶具？厨娘立即向我出示了一个失落了杯子的手柄，一个碎成三片的茶盘，还有一个好像被谁咬去了半圆一片的茶碗。我想自己应该跟法国小姐讨论一下这个事情，但又觉得这会伤害她的感情。（留意：法兰西人极度敏感，这让人有时难以跟他们打交道。）

阅读了一位最近去世的著名女士的传记和往来书信，心里受到震动，再一次认识到，世人对待著名女人和非著名女人的态度是怎样的迥然不同。刚看过的这部书里满是各界名流给女主人公的函件，许多温馨，许多激昂，还有不少文学界和政界的朋友们写来的警句名言。而且她的丈夫甚至幼小的孩子也经常以极具诗意的方式表达对她的爱意。我试图设想，如果我成了一位著名女士（当然这个不大可能），罗伯特会否像那些人一样向我倾诉衷情。结果我发现，这个情形很难想象。亲爱的女儿维姬大概也不会那样倾诉她的爱意（是否有这份爱意也还难说）。

收到儿子的一封来信。罗宾的来信总是让我非常开心，但是他的信函还是一如既往地简短平易，只叙及一些日常事务——小家伙巴格斯（不知此君何人）受到鞭打惩罚，客座教师高姆肖因喉咙发炎未到学校，等等。这与书中著名女人收到的信函实在不能相提并论，因为后者总是那么详尽生动、绘声绘色，而且只要著名女人出门在外，她几乎每天都收到这样温馨有趣的家信。

收到的其他邮件包括杂货店账单（备忘：询问法国小姐，为什么她十天用去了两管吉布斯牌牙膏？）；调琴师发来的文字不通的明信片，说他明天过来；另外还有一份传单，来自彻底禁酒协会。

人之命运不同，确实令人震惊。因为如此，我有点儿希望宇宙里真有轮回这种事情。花了一点时间设想如果自己的生活状态完全改观，那会怎样。幻想中生活的改进之一，就是我与鲍克斯夫人相互调换到对方的地位。

（问题：抽象思维是不是纯粹浪费时间？）

12月11日　罗伯特对于昨天早餐的事情仍然耿耿于怀。他突然说，来个火腿怎么样？对此，我略微严厉地回答：预订了火腿，但要等到他的弟弟威廉及其夫人圣诞节

来访时才能享用。听到我这么说，罗伯特就恐慌起来，他说，威廉和安吉拉要到我们这里过圣诞节啊？他这态度几近荒诞，因为邀请信几个月之前就发出去了，那还是出于他自己的建议。

（问题自然来了：是不是人类都有一种倾向，就是虚妄的乐观主义，觉得一个自己不愿参加的社交活动，只要是安排在比较久以后，那就不会真正发生？）

维姬和法国小姐从外面散步归来，带回一只颜色黄白相间的小猫，据她们说是无家可归、饥寒交迫。维姬拿来牛奶喂猫，一副神情激动的样子。我答应她说，这小猫可以在家里“待一晚上”。心里觉得自己的态度过于软弱。

（备忘：明天提醒维姬，她爸爸不喜欢猫咪。）一提到猫咪，法国小姐就又是夸张的法兰西做派，我只好让她冷静一下。她有点儿自尊心受伤。三人一起默然退隐书房。

12月12日　罗伯特说，绝对不可以收留流浪猫。现有那只总在厨房出没的猫就已是多余。不过，在维姬不断祈求下，罗伯特的态度逐渐软化。再后来，流浪猫的性别就成了决定它去留的关键。维姬和法国小姐异口同声地说，她们对此已经完全了解清楚，并且根据自己的结论为小猫起了名字，就叫“拿破仑”。她们两人用法语讨论这个问题，我因为语言的缘故难以置言。但是，家里的花匠有不

MADEMOISELLE.

法国小姐

同意见，他说这其实是只母猫。闻听此言，维姬和法国小姐立即重新给小猫命名。她们看到小猫扑打一个旧网球，因此决定把小猫叫作“海伦·韦尔斯”，就是那个风头正劲的女网运动员。

幸运的是，这时发生的另外一件事吸引了罗伯特的注意力——家里的水管断流了。罗伯特说，夯槌停摆了。（夯槌，这字眼听上去颇有《圣经》的古老意味。）

我暗示法国小姐，不要让海伦·韦尔斯在楼下不合时宜地过多露面。

12月13日 夯槌恢复了工作。海伦·韦尔斯也还在家里住着。

12月16日 经历了暴风雨天气，大水漫过，把许多树木冲得东倒西歪，造成种种不便。鲍克斯夫人来访，告诉我她下周出去度假，到法国南部海滨。她说她必须晒晒太阳。她问我何不跟她一起出去，因为看上去我已累得不成样子。我怎么“不成样子”？ 她的这种说法非常无礼，虽然她大概是好意。

鲍克斯夫人继续说，何不痛快一点儿，跳上火车，驰过法兰西大地，冲进蓝天碧海灿烂阳光？对于这个问题，我可以给她一个极为详尽的答复，但是我并未坦诚直言。

在鲍克斯夫人的内心世界里，费用花销似乎从来不是一个问题。（备忘：这也许是一个很好的讨论话题，可以向妇女协会提出："有钱无脑：论人之想象力与继承而来的财富不能同时并存。"后来冷静下来，我又检讨了自己的心态，觉得自己的想法有不良的社会主义倾向。）

我口是心非地对鲍克斯夫人说，我其实喜欢待在英格兰，即便在冬季也是如此。她规劝我说，千万小心，不要让自己变得狭隘闭塞。

告辞之前，鲍夫人又再三让我考虑到法国南部度假。我只得非常礼貌地找出一些具体理由委婉地拒绝她的盛情邀请。在这样做的同时我还偶尔装出犹豫不决、实在拿不定主意的样子，甚至最后还允诺说，如果后面我改变了主意，我会给她打长途电话。我们两人大概都知道这只是说说而已。真是何苦来。

（问题：我们有时虚情假意，不能实事求是，难道不是因为别人毫无来由地固执己见？）

12 月 17 日　亲爱的露丝邀我前去伦敦与她同住两天，以便一起购买圣诞节礼物。我答应她我会遵命前往。行前与罗伯特争论了很久，他坚持说，所有的东西都可以邮购，为什么非要出去？

乘坐很早的火车出发，以便下午有更多的活动时间。

随身携带了罗伯特的旧皮箱，还有我自己的用过多年的帆布包。裹在牛皮纸袋里的是许多菊花，准备送给露丝。另有小包三明治和手提袋，外加皮草衣，以防天气转冷。还有就是打算路上阅读的书籍和法国小姐在车站友好馈赠的插图杂志。（问题：携行的东西里面有些是否可以不带？如果是的话，不带哪些？）

把行李放置在行李架上，展开画报浏览。心里感到雍容惬意，因为非常难得地没有家务杂事的烦扰。

列车到了第一站，一位女士走进车厢，坐在我的对面。她的行李很少，但看上去比较昂贵，随身带着一个小巧的红色珠宝盒，材质是摩洛哥羊皮。她手里拿着一本新书，《爱德华·马歇尔－哈尔爵士传记》，书上没有图书馆的标记。看到她，我很快想起了鲍克斯夫人，心中因此荡漾起些微的自卑情结。

车厢内坐着其他几个人，一个穿着鞋套的老先生，一位平淡无奇、身裹风衣的女人，再就是一个年轻人，面貌极像亚瑟·瓦茨书刊插图里的那种形象夸张的角色。这年轻人这会儿正在看一本《笨拙》杂志。我就在那里一直琢磨，如果那杂志里有亚瑟·瓦茨的绘画，这年轻人是否会意识到自己与漫画人物的相像之处？如果他意识到了，会是什么心情？悲哀抑或愉悦？

就在我耽于那无益但极具同情心的猜度的时候，车厢里的老先生突然忙乱激动起来，嚷嚷道，天呐，有什么东西掉下来，滴到了他身上。车厢里的每个人都朝天花板望去。身裹风衣的女人模模糊糊地提到什么“管道”，说“管道”经常“就是那样子”。另外一个人焦急地建议，应该关掉暖气。那位老先生拒绝接受这些解释，宣称滴下来的东西“来自行李架”。这下大家都面带恐慌地注意到了我准备送给露丝的鲜花，就是从那里不断有大粒的水珠滴下。我十分羞愧，把菊花挪下来，再三向那老先生道歉。我重新落座之后，看到坐在我对面的那个上等夫人静坐如故，一直埋头阅读《马歇尔－哈尔爵士传记》，完全没有受刚才那阵喧嚣的影响。这更让我想起了鲍克斯夫人。

（备忘：应该跟法国小姐谈谈，告诉她以后不要擅自插手一些事情，比如把湿漉漉的鲜花未加妥善包装就交给我。）

总算静下心来浏览图画周刊。我了解到，托托·芬奇爵士（“见插页”）正在主持一项摄影研究，题目是洛杉矶的最佳靓腿（“如图”），其中的主角是英国社交界的一位著名小姐，她的一位近亲是赛马界的显赫人物，而那人又是时尚圈里一对知名双胞胎的亲生父亲（“图见封底”）。

（问题：我们的大众报刊是不是已然堕落？）

转而阅读杂志里的短篇小说。正当我读得有了一点儿兴味，看到“故事转到 XLVIIb 页”。我实在找不到那一页在哪里，只好放弃那个短篇小说，开始浏览关于购买圣诞礼物的建议。那篇文字的作者说，送人的礼物应该有个性，适合送礼对象，既漂亮，又可长久保存。然后他就说，有鉴于此，何不购买一套珐琅质梳妆台，定价只有九十四镑十六先令四便士？或者购买一套水晶杯具，完美的英国早期刻花玻璃复制品，适度定价在三十四镑十七先令九便士？

真是的，何不？

再后来我感觉稍好了一点儿，因为看到了另一段建议，专门为囊中羞涩的送礼人设计，即使我本人并不能苟同文章作者对“囊中羞涩”的定义。作者说，送礼应该有创意，匠心独到，这就可以让较小的礼物变得富有意义。比如，何不出钱让你的朋友到外面做一次头发，六道工序只要五基尼，地点就是位于皮卡迪利大街的多莉·瓦登夫人美容店。

实在很难想象自己向我们的教区牧师夫人送出这样一份礼品，更难以想象牧师夫人会欣然接受这一礼品。决定还是赠送自己以前送过的那种礼物，就是日历，上面印有司考福尔湖边落日的景象。

（为了自娱自乐，幻想了一个场景，就是我向鲍克斯夫人提出送她一份雅致而又适宜的礼品：减重体操教程，外加减皱面部按摩。）

上述幻想因火车到站戛然而止。

到站后选择转乘出租车，因为自己带着鲜花、两个行李箱、皮草外套，上下地铁台阶会非常不便，而且自己有失足踏空的倾向，*尤以右脚为甚*。而且，露丝的公寓位于一个高尚社区，距离任何地铁站都有好几英里。

亲爱的露丝对我的到达致以热烈的欢迎，对于我带来的菊花赞赏有加。我避而不提这花在火车上如何影响到那位倒霉的老先生。

12月19日 圣诞购物让我精疲力尽。在陆海军商店时，我突然发现自己的礼品清单不见了，后来在儿童书店购物时才总算把它找到。在那里为维姬购买礼物时，心里一直埋怨，埋怨了至少一百遍，为什么她非要指定绿屋玩具，就非它不可？这绿屋玩具实在是很难找到。（*备忘：尽快找机会，给维姬讲讲那个高飞在天的虚幻大鸟洛克的故事，以为警示。*）

露丝建议到塞尔弗里奇百货商店再找找看，我表示抗议，但最终还是去了。真的在那里找到了绿屋玩具，就是价格较高，而且也不是英国国货。决定避免对罗伯特提起此事。

分别为露丝、法国小姐、罗伯特的弟弟威廉和弟媳安吉拉选定了礼品。威廉和安吉拉要过来与我们共度圣诞，给他们的礼物要稍好一点。也为其他一些人购买了小玩意儿。为茜茜·克雷伯选择礼品时，拿不定主意是买那个微型日记本还是那张非常漂亮的贺卡。最后选择了小日记本，因为通常大小的信封就能把它装下。

12月20日　露丝带我去看演出，十分有趣，是由圣约翰·欧文编剧。偶然听到坐在自己前面的一位女士问她身边的女伴：亲爱的，你为什么不写个剧本？那朋友回答说，每天太忙，找不出时间。这回答让我有些吃惊。（问题：我也可以写个剧本吗？如果有时间，我们每个人都可以写个剧本吗？我由此想到圣约翰·欧文碰巧和我住在同一个郡里，但这似乎也并不构成足够理由，让我可以写信给他，询问他是怎么找出时间写作剧本的。）

12月22日　从伦敦回到家里。水植的风信子长出了一朵花，半开着。整个的情况不尽如人意。

12月23日　去车站接到了罗宾。他遗失了自己的车票、三明治和手绢，但是捧着好大一个木头箱子给我看，里边装有小格子，可以分类放置什物。他告诉我，这是他在学校木工课的成果，是送给我的圣诞礼物。这木工课程又是学校的额外收费项目，账单想必不久就来了。

罗宾说，他需要找到一首歌的唱片，歌名叫作“*Is Izzy Azzy Wozz?*”，他说这很重要，一定要找到。（留意：一直有个令人不安的感觉——虽然自己的这两个孩子非常可爱，但他们似乎没有任何艺术天分，无论是绘画、文学还是音乐。我找到了唱片，在留声机上播放。在听了这歌十四遍之后，我可以确认自己的孩子缺乏艺术修养。）

罗宾和维姬兄妹两个欢愉重逢，情景让人感动。法国小姐说："Ah, c'est gentil!"［"啊，如此温馨感人！"］并且掏出手帕拭泪，这就有点儿夸张了。果然，半小时不到，法国小姐就来找我告状，说两个孩子爬到了房梁上，把育婴室天花板上的粉灰都震落下来了。我过去站在下面喝止他们。两个孩子不停地高唱"*Is Izzy Azzy Wozz?*"这种低俗的歌曲让我心中好生烦恼，觉得他们真是没有音乐辨识能力，而且永远也不会有。

罗伯特的弟弟威廉和他的妻子安吉拉3点半到达。我想把下午茶提前，但又觉得仆人们会不乐意，于是作罢。我带着威廉和安吉拉去看房间，其实那房间以前他们住过，早就知道。我们交谈一会儿，互相交换了一些有关各位亲戚的消息。罗宾和维姬过来看热闹，口中还是唱着"*Is Izzy Azzy Wozz?*"。安吉拉说，孩子又长高了，但从她的表情我可以看出，她觉得孩子们没有教养、让人厌烦。她对我提到她以前住过的一家的孩子，那真是奇迹般的整洁、聪明并且富有魅力。安吉拉又非常没有必要地补充说，那些孩子很有音乐天分，钢琴弹得极为动听。

（备忘：招待客人的最好方式还是吃饭。非常希望可以缩短下午茶到晚餐的间隔，或者在两者之间添加小吃。）

晚餐时我们又谈论家里的亲戚。我们彼此询问最近有没有可怜的弗雷德里克的消息，莫莉的婚姻后来怎样了，奶奶今年夏天是不是还是要去东海岸。餐后罗伯特和威廉坐在餐桌边聊天，一直待到快 10 点钟。这让我恼火，因为佣人不能尽早收拾桌子，肯定又不乐意。

12 月 24 日　全家出动，参加本地教区的儿童聚会。当着牧师的面，罗宾说了三次脏话“该死的”。以前从没听到罗宾这样诅咒，后来也没发现这个问题，好像他就是专门找了这样一个场合表现乖张。除此之外，聚会极为成功。还有就是我又见到了新近搬来本镇的农场主妇萨默斯夫人，据说她是一个养蜂人，我还不曾到她的住处拜访。喝茶的时候我跟她坐在一起，但我实在找不到任何有关蜜蜂的话可说，心里唯一能想到的问题就是，你喜欢蜜蜂吗，这听上去倒像是个拙劣的谜语，所以也就没有问。我们于是就谈了谈孩子们的预科学校。（值得一提的是，好像从来就没有两家的家长听说过对方孩子就读的预科学校。问题：这是不是表明，这类学校在我们国家已经遍地丛生、泛滥开来？）

晚饭后，把给孩子们的礼物放在挂起的袜子里。威廉不幸踩碎了一个玻璃物件，那是为维姬准备的玩偶家具。他非常大方地提出给予一先令的补偿，但我拒绝接受，两

THE RECTOR.

教区牧师

人花了很长时间来回推让、讨论这件事情。到了晚上11点，孩子们还是毫无睡意。安吉拉提出打桥牌，她又问道，白天在牧师住宅遇到的那个萨默斯夫人怎样，她好像对蜜蜂很感兴趣？（看来安吉拉在社交方面胜我一筹，但对此我未说什么。）

圣诞节　这个喜庆而又令人精疲力尽的节日。罗宾和维姬什么都喜欢，一整天吃个不停。维姬送给安吉拉婶娘的礼物是一个小而方正的画屏，上面绣着一头蓝色的叫驴。我拿不准是否应该为此向安吉拉道歉，最终决定保持沉默。事后我暗示法国小姐，其他图案的礼物可能更加合适一些。

孩子们大概有些兴奋过度了，安吉拉在下午茶的时候开始对我唠叨，说梅特兰家里有个极好的儿童活动室，孩子们几乎整天都待在那里，要不就是与女教师和家里的狗在外面散步。

威廉问道，那个萨默斯夫人是不是属于多塞特郡那伙子人，她对于蜜蜂那么了解。

在心里记下了，下周我一定要早些去拜访萨默斯夫人。过去之前应先看些有关蜜蜂的读物。

晚饭时的火鸡和李子甜点都是凉的，因为要让仆人们休息。安吉拉看着我养的球茎花卉，说，你怎么会觉得它们能在圣诞节前开花？对此我未做答复，只是建议大家上床休息。

12月27日 威廉和安吉拉今天离开了。安吉拉在最后时刻抛出一个让人有点儿吃惊的消息。她问我是否知道她是上个星期《时代与潮流》杂志文字竞赛的头奖获得者，使用的是假名“知识者”。我对此一无所知，但还是对她表示祝贺。没有提我自己也投稿参加了这个竞赛，没有获奖。

（问题：竞赛评奖人对文艺天分总是有着良好的判断能力吗？他们也可能由于身体欠佳等因素判断失误。）

今天下午又有一个儿童聚会，庞大又繁杂。孩子们的母亲站在四周，头戴黑色帽子，彼此交谈，讲到花园、书籍以及想把佣人留在乡间的难处。茶水在大厅里被心不在焉地传来递去，孩子们被召集起来去另外一个房间。维姬和罗宾都表现得彬彬有礼，我在回家的路上表扬了他们。但是后来法国小姐告诉我，她在维姬参加聚会时穿的裙装口袋里发现了一大包巧克力点心。

（备忘：是否应该向维姬指出，她的行为不当，从智力、礼仪、卫生以及一般人的诚实态度等等方面来讲，都是如此？）

1930年1月1日 我们家也主办了一场儿童聚会。为了把这次聚会搞好，自己非常非常辛苦。天公又不作美，

下了大暴雨，有一半客人未能前来，而且当时也不知道预约的魔术师能否到场演出。

决定把孩子的茶点会放在餐厅里，家长则到书房里就坐。又把客厅打扫出来，作为游戏和魔术的表演场地。原来放置在客厅里的各种杂物暂时堆放到我的卧室，结果我在那里走动时总是磕磕绊绊。种有风信子的那些花盆实在碍眼，就都搬到了走廊的窗台上。法国小姐看到花盆后，评论说："Tiens! ça fait un drôle d'effet, ces malheureux petits brins de verdure!"［"看啊！多么有趣的景观，这样一小溜病病恹恹的绿草！"］我实在不喜欢她的这个描述。

邻近教区牧师家的孩子们到得太早了，只好让他们先去空荡荡的客厅。然后维姬出现了，身穿绿色聚会长裙，手里拿着四个气球，她就这样救了场。

（问题：为什么教职人员的家庭做事总是不能准时？不管什么聚会，他们要么不合时宜地最早出现，要么就姗姗来迟。）

带孩子来参加聚会的母亲们表现多有不同，让我讶异。她们有的积极帮助组织游戏，或者提些建议，有的则只是闲坐着。（注意：公平地说，她们只是闲站着，因为家里的椅子很快就不够用了。）心里想，以后别处再有儿童聚会的时候，要让罗宾和维姬自行参加，我不陪同，因为家长不在身边，孩子们的表现反而更好。正当我试图指挥孩子们玩起“橘子柠檬”这个歌唱游戏的时候，一个家长提起“伯灵顿宫的意大利画展”，问我作何感想。我正忙着，很难给出一个机智的回复，结果我就对那家长说，那展览实在太精彩了。事实上我不曾看过那个展览。意识到应该及时纠正自己这一失言，可惜后来未能做到。我再一次让自己跌进一个坑里，以后为了弥补这一过失肯定还要织起更大、更麻烦的谎言之网。我试图想，自己在多大程度上为这个不幸的状况负有道德责任，但当时实在忙得不可开交，未能做出结论。

午后茶会进展顺利。法国小姐在餐厅主持，我在书房做东。罗伯特和一个带着孩子过来的孤单的年迈父亲（看上去更像个爷爷）站在过道里，讨论打猎和最近的普选，间或饮上那么一点儿茶。

魔术师迟到了，但还是来了，他的表演大受孩子们的欢迎。聚会结束时，孩子们从充填了麦麸的礼物桶里摸取玩具，搞得地板上、衣服上以及住宅各处全都是麦麸，数量之大，似乎远远超过那个礼物桶的容积。这真是奇怪，自己以前就留意到了这一现象。

宾客们在7点半之后散去了。罗宾把狗和家猫海伦·韦尔斯从禁闭中释放出来。把它们关起来是因为它们不喜欢爆竹。

晚上，罗伯特和我帮助仆人们恢复家里的秩序。我试图回忆起自己把那些易碎的什物如烟灰缸、钟表、饰品、墨水都藏到了什么极端隐秘的地方。

1月3日 村里举行猎犬运动会。罗伯特要骑马过去，答应带着维姬。罗宾、法国小姐和我则步行前往镇子的邮政所，那里是竞赛的起点。罗宾谈论着小说《雾都孤儿》，对于狩猎这事从头到尾未置一词，而且他观看马匹、赛狗、猎人的时候也是非常的平静。看来这孩子不那么容易受环境的影响，这点我有些喜欢，但同时又觉得在这现象背后也许隐藏着一个深深的弗洛伊德情结。当然他爸爸大概对此又有不同看法。

见到许多热衷狩猎的邻居，他们对罗宾说："你不参加骑马比赛啊？"我觉得他们这种行为非常不智。他们又问我："今年大雨，你们是不是损失了很多树木？"但是不等我回答，他们就说起他们自己家倒了多少棵树。

法国小姐望着猎狗，说："Ah，ces bons chiens!"［"啊，狗狗们好优秀啊！"］然后又赞赏那些马"quelles bêtes superbes"（"这样美丽的动物"）。不过她倒是非常乖巧地站在离这些动物远远的地方，跟我一样。

维姬骑在马上，看上去姿态雍雅。别人对我夸奖她，我以一种漫不经心的态度接受这些美言，并在这态度中适度地掺和进少许不值一提的意思，希望可以表明我是个时尚的家长，不会愚蠢地溺爱自己的孩子。

狩猎比赛开始了，法国小姐评论道：“Voil à bien le sport anglais ! ”［“这真是极好的英式运动！ ”］罗宾则直接说：“咱们可以回家了吧？ ”然后他就开始大嚼牛奶巧克力糖。回到家里，我处理了一些杂务，写出了给杂货店的购物清单，致肉铺的明信片，两封关于妇女协会的文告，一封关于女童子军的信件，跟牙医预约下周就诊的纸条，还在自己的社交日历里做了一个备忘，就是我必须尽快拜访农场上的萨默斯夫人。

上述杂事占去了我一上午的时间，真是难以置信，效率之低也令我恐慌。

罗伯特和维姬回来挺晚，维姬从头到脚都是泥浆，不过没有受伤。法国小姐马上带她去洗漱，这会儿她就不再赞叹什么 le sport anglais［英式运动］了。

1月4日　天气晴朗，气候宜人，我觉得农场的萨默斯夫人现在应该正在田野里劳作，于是决定到她家里造访。与我的判断相反，萨默斯夫人并没有去野外，就在家中。我们在客厅里见面，她身穿一件印花丝绒长裙，那衣服让我立即想到，如果是我穿这件裙子，那一定能好看。在屋里我没有看到任何蜜蜂存在的迹象，但是我已经做好了充分的心理准备，打算非常聪颖地讨论这一话题。就在这时，

萨默斯夫人对我说，她的母亲目前住在她这里，她老人家认识我在学校时期的老朋友茜茜·克雷伯，而且还听茜茜说过，我是一个非常逗乐的人！然后她妈妈就来到客厅了，头上是非常雅致的马塞尔式波浪鬈发（想象不出她在哪里把头发做得这样优雅，除非她是刚从伦敦过来）。老夫人的衣着也挺讲究，与乡居环境很搭调。萨默斯夫人把她妈妈介绍给我，那名字听上去真的很像“鸡蛋粉灰”，当然那是不可能的。然后她妈妈就说，她认识我学校时期的老朋友，就是住在诺里奇的茜茜·克雷伯，她从茜茜那里听说我这人非常非常的逗乐。逗乐？听她这样讲，我几乎精神崩溃。我想不出对此应该如何应答，只能说最近暴风雨天气不少啊等等等等，然后我就急急忙忙地告辞了。

1月5日　至为友善的露丝邀请我前往伦敦，作为她的客人参加一家著名文学俱乐部的特别晚宴。主持晚宴的将是声名显赫的文学周刊主编，主宾是极有造诣的戏剧作家。共赴晚宴的还有来自世界各地的其他知名作家、诗人、艺术家。

整个傍晚都在跟罗伯特讨论露丝的邀请，向他提出我应该赴宴的理由。(a) 就花销而言，就只是到伦敦的来回火车票，三等舱，并无其他。(b) 十二年之后，我们的女儿维姬就应该进入社交界了，作为母亲，我应该与一些上层人士“保持联络”。(c) 这个机会极为珍贵，失之交臂，不可复得。(d) 我没有要求他与我一同前往。对于理由a和b，罗伯特未置可否。对于c，他回答说：“是啊，希望以后不要再有这样的机会。”理由d，也就是我并未要求他与我同往，倒是有点儿打动了他。最后，他终于说，如果我实在想去，那就去吧。他又表示，在伦敦我大概会遇见我过去的一些朋友，也就是当年我跟露丝住在汉普斯特德时交往的那些波西米亚式不羁文人。

罗伯特最后的那句话有点儿感动了我，让我惊喜地猜想他是不是起了嫉妒之心。但我心中的那个小小猜想转瞬即逝，因为罗伯特未作任何停顿，马上说起家里的热水器又坏掉了，早晨没有热水。

1月7日 露丝带我参加文学俱乐部的晚宴。我身着蓝色调晚宴裙装，装扮比较得体。到达聚会的地方之后，我吃惊地发现，一些年轻男人完全无视常规礼仪，随意地穿着法兰绒衬衫，不系领带，还把自己的头发梳得笔直地向上竖立着。他们的伴侣通常都是年轻的红发女郎，身穿印花绸纱长裙，戴着串珠项链。除了这些人之外，其他宾客倒是穿着规矩。我被介绍给著名的周刊主编，发现这是位女士，不是我想象中的先生。这女士态度和善，神情令人愉快，我当时几乎就脱口而出，向她提出自己时常想到

的一个问题，就是为什么他们的征文竞赛的评奖结果总是那么富有争议。不过我还是控制住了自己，没有做此询问，因为觉得那过于唐突，会让露丝难堪。

晚宴就座时，我坐在知名畅销书作者的旁边。他非常友好地教给我如何可以避免缴纳奢侈税。我随口支应着，没有对他说明，这种信息对我来说没有用处，因为我还没有富裕到需要缴纳奢侈税。坐在我对面的据说是一位著名艺术家，入座后变得越来越活泼。见他如此健谈，我就提起，其实我与他以前见过面，就是好些年前在汉普斯特德的那些日子里。艺术家非常热情地说，对对对，我记得你，印象清晰。我们两人当然都知道这是大谎话。艺术家又非常夸张地说，事实上他一直都在留意和追踪我的作品。他既然这样说，我也就没说事实上自己并不曾有过作品。晚宴快结束的时候，大家发现这位艺术家身上一分钱也没有，坐在他附近的几位客人只好为他凑起一份钱来交给晚宴的侍者领班。

我心里对自己说，幸好罗伯特没有与我同来。同时又想到，著名的艺术家明早起来肯定不会记得今晚的事情，我替他支付的那三先令又六便士肯定是打了水漂。

露丝非常大方，缴付了她和我两个人的晚宴费用。

（这也提醒我做此备忘：英式烹饪本来就不那么招人喜欢，公众宴会时的餐品就几乎达到让人反胃的程度。比如今晚餐桌上的鱼，前来英格兰访问的外国宾客对此会有怎样的感想？其他菜点就更不用提了。想到这个，我作为一个英国人心中十分不安。）

露丝把一位年轻男士介绍给我（她以极快的语速悄声对我说，这是某独幕剧的共同作者之一，那部戏曾在南斯拉夫由一个剧团演出了三次。）我后来发现，这位先生认识我的朋友鲍克斯夫人。他非常痛快地评论说，鲍克斯是个令人厌烦的女人。我对他的坦诚态度略感惊讶，但在听到他的这个议论之后我们两人就聊得非常融洽了。（问题：对某个人的共同敌视是不是促使人们团结起来的最为有效的因素？这问题的答案，很不幸，是肯定的。）

非常非常著名的小说家走过来与我交谈（很显然，她一开始是认错了人，把我当成了其他哪一位女士）。她态度友好地对我说，她只能在午夜到凌晨4点之间进行写作，即便如此，她还是时常劳而无功。当她才思枯竭时，她就演奏风琴。听到她这么说，我就很想问她是否已婚成家，但我终究未能提出这一问题，事实上也未能提出任何其他问题，因为著名的小说家口若悬河，我一直没找到开口说话的机会。她跟我谈及自己书籍的销售量；她向我讲到她的上一部作品以及最近新出的著作；她说今天这里有很多人她都必须打招呼，然后她就过去找那个著名的诗人说话。但是那个诗人明显地躲避她，他在人群里不停游动，让那女人撵不上自己。我非常理解诗人的行为。

宾客们先后致辞。我再次感叹有些人真是口才出色、思想深刻。我自己知道，如果我必须做什么发言，肯定会非常地拘谨紧张。我会有好多晚上迟迟不能入睡，一个人在心里设计非常精彩的演说，针对的听众是家里的佣人、鲍克斯夫人、法国小姐。当然在实际生活中我从来也不曾做过这样精彩的发言。

晚餐过后大家又彼此交谈。遇到了一位旧相识，但我记不起他的名字，只是觉得他大概与文学有什么关联。我问他最近是否发表了什么作品。他说他的作品不适合出版，也永远不会出版。他的这个说法，给了我一个很好的主意：像我这样从来不曾发表作品的人可以采用这个说辞，既符合逻辑，又特立独行。当然我没有把这个想法说出来，只是与他谈论了女作家丽贝卡·韦斯特、飞行技术的进步以及猎鹿运动的正当性。

露丝在与一位丹麦记者讨论美国的心理治疗。稍后她问我：我们也许可以走了？那位坐在我对面的非常活泼的艺术家提议由他开车送我们两人回家，不过他的朋友马上提出了异议。我的那位旧相识，他的名字我还是记不起，把我引到一边嘱咐我说，D. A. 不适合送任何人回家，事实上他需要别人送他回家。露丝和我于是在最近的地铁站乘车返回住处。这是明智的选择，虽然这交通方式不比乘坐

"VERY, VERY DISTINGUISHED NOVELIST."

“非常非常著名的女作家”

轿车那么舒适宜人。

回到住处，露丝和我继续聊天，直到凌晨1点。我们特别谈论了当晚遇到的各位宾客。露丝说，我应该经常到伦敦来走走，开拓自己的视野。

1月9日 昨天回到家中。发现罗伯特和法国小姐彼此不说话，原来两人因为一扇被打破的窗户起了争执。维姬悄悄地、令人吃惊地对我说，她学会了一个新的骂人字眼，不过她并不打算使用。她让人不安地补充道，起码目前没有使用这个字眼的计划。

厨娘说，她希望我在外地度过了一个美好的假期，这边乡下挺安静…… 没等她再多说什么，我就赶紧走出了厨房。我知道，躲避也无用，她肯定还是要提起什么麻烦事情。

给露丝写了一封充满感激的信函，同时向她解释，虽然我很想拓展自己的视野，但还不能更多地出外旅行，当然这只是目前的暂时情形。

1月14日 我又有机会观察到，感冒真的可以让人看上去长相平庸，会影响到人的头发、肤色等等各个方面，例外的就是鼻子和上嘴唇。厨娘强调说，家里一直在流行感冒，她自己就咽喉发炎，已经好几个星期了，只是她从

来就不诉苦。（问题：她是否是说，我意志过于软弱，不像她那样坚韧？）法国小姐说，她希望我不会把感冒传染给孩子们，但是罗宾和维姬今天早晨都打了喷嚏。我的手帕不够用了。

1月16日　家里所有人的手帕都不够用了。

1月17日　法国小姐说，鉴于手帕短缺，大家可以使用包裹奶油的细纹纱布。结果发现这细纹纱布家里也没有了。我提议出去买些。法国小姐说："你不要去，如果再着凉你就要得肺炎。"我觉得她这态度不符合英国的刚毅传统，应该予以挑战，可是自己实在身体乏力，特别是听到她说"j'y cours"［"我去"］，我也就答应了。法国小姐戴上小羊皮手套，系好尖头高跟鞋，头配一顶插了羽毛的女帽，穿上黑色外套，又在脖子上缠了几条丝绸围巾，然后就勇敢地冲了出去。我留在家里照看卧床的罗宾和维姬。法国小姐出去二十分钟之后，我突然想起来，今天是假日，商店都早已关门了。

到孩子们的休息室里，建议给他们朗读兰姆的《莎士比亚戏剧故事》。维姬说，她更喜欢《狗狗老爸，企鹅老妈，兔儿子威尔弗雷德》。罗宾说，他想听《格利佛游记》。大家折中妥协之后，选择了格林童话，虽然我自己觉得这些传统故事的观念不够现代化。正如我所担心，两个孩子都对故事中的反面人物表现出极大的兴趣，很乐于听到那些行为不端的歹徒如何通过谎言、暴力和背叛赢得财富声名或漂亮公主。这肯定对两个孩子的未来有灾难性的影响。

法国小姐还在外面，教区牧师的夫人前来造访。我到楼下迎接客人，一边打着喷嚏一边对她说，为了健康起见，她最好不要逗留。牧师夫人说，对对，她应该很快就走，然后她就给我叙说了很长的一段事情，简单地说就是牧师的一个眼得了麦粒肿。我不甘示弱，就对她详细讲述了我家里的厨娘如何咽喉发炎。我们的话题由此演变为干燥的空气、教堂里的暖气装置，以及有关鲍克斯夫人在法国南部度假的消息。牧师夫人说，鲍克斯夫人给她发了一张明信片。她这么说着，随手就从自己手提包里掏出了那张卡片，递过来给我看。那卡片上的某处标着一个十字，据说是鲍克斯夫人下榻旅馆房间的窗子。牧师夫人说，这个还有点儿意思，对不对？我回答，是的，是的，其实心里在想，这个一丁点意思也没有。（注意：在日常生活中，实话实说是件非常难以做到的事情。这种表里不一的毛病是我个人的可悲习性？还是说别人也都受此问题困扰？我当时几乎就对牧师夫人说出这一点，但后来还是控制住了自己。）

牧师夫人又问，孩子们都挺好吧？家里先生也挺好吧？我这次可以据实回答，不那么好，然后她就跟我说起对付感冒可以使用桂皮、维亚派克斯、草酚甘油漱口液、黑醋栗茶、洋葱汤、修士香膏、亚麻油以及保暖羊毛。我一边不停地打喷嚏一边说，谢谢，谢谢，说了许多次。后来她终于移步向外走，到了门口又转回头来，对我说，一定要穿贴身羊毛衫，清洗鼻腔，睡觉之前喝热牛奶。我再次热切地说，谢谢谢谢。

回到孩子们的房间，发现罗宾在维姬的床上拧开了饮水瓶的盖子，那瓶子好像装了几百加仑的温吞水，全都流在床上，浸湿了枕头、睡衣、床单、毯子以及床垫。我打铃召唤埃塞尔，与她一起处理这个状况。埃塞尔说，这个家现在就像座医院，人端着盘子在楼梯上下跑个不停，时而还要应付这样那样的意外事故。

1月20日　罗宾已经完全康复了，我送他回学校去。见到校长，问他觉得罗宾表现怎样。校长说，学校的那些新楼在复活节之前就可以完工了；有了这些新建筑，下学期他可以增设一个校区。他又说，也许你看到了我在《泰晤士报》上对西里尔·诺伍德博士所提意见的答复？我在心里默默地提醒自己，这位校长是个异人，如果学生家长们能够记得这一点，就不会在他身上浪费很多时间。

我跟罗宾道别。我们两人都堆起满脸笑意，那表情非常的恐怖和丑陋。我一路哭着回到车站。

1月22日　吃早餐时，罗伯特询问我的感冒怎样了。这让我惊讶。看来过去几天他几乎完全不曾留意我的情况。我说，感冒早就好了啊。他说，那你怎么看上去还是那个样子？我控制住了自己，没有回问：哪个样子啊？当然我知道他说的是什么意思。心里感到生活真的很悲惨，难以忍受。于是疯狂地决定，要再买一顶新帽子。

但是银行与我之间的关系困难如常。为了应急，我又一次前往当铺，抵押姨婆留给我的那枚钻石戒指。普利茅斯的那位当铺老板像老朋友一样热情地迎接了我，他还打趣地说，这次记账你用什么名字？

去了四家服装布料店，试戴了几十顶帽子。越试越觉得自己模样难看，而试帽子的过程只是把头发搞得更加凌乱，脸色也愈加苍白病态。于是决定还是先去美发厅做一下头发，希望这样可以改善形象。

发廊的美发师助理说，啊呀，你的头发一点色彩也没有了，你有没有想过略微点染一下？经过长时间的讨论之后，我同意让他们给点染一下。等我从美发厅出来的时候，我就是顶着满头的红木家具的颜色了。美发师助理说，颜色是稍微浓重了一点儿，但“过几天”就淡下去了。我愤慨异常，但也没有什么办法，只好戴上自己的旧帽子，尽可能地把头发都遮盖起来，就这样回到家里。我戴着帽子坚持到傍晚整妆的时候，但是在晚饭餐桌上我就实在难以隐藏自己的屈辱和尴尬了。

1月23日 玛丽·凯尔韦发来电报，说她开车路过此地，问我是否可以过来吃午餐。我回电说，当然可以，我们很高兴接待你，然后就跑去了厨房。厨娘没什么好主意，说是可以吃冷牛肉、甜菜根。我说，可以，也不错；不过，烤鸡和牛奶沙司是不是更好一些呢？厨娘就又开始嘟囔，说是烤炉有问题。最后折中了一下，决定做炸肉排和土豆泥。幸运的是，今天是肉铺送货的日子。

我随时都愿意见到亲爱的玛丽，她既聪明又风趣，还能写短篇小说，是那种真正被出版、收到了稿费的作品。但是我很担心自己的头发，那浓重的红木家具颜色一丁点儿淡化的迹象也没有。认真地考虑了是否整个午餐期间都应该一直戴着帽子，后来觉得那也太不自然了。而且，女儿维姬肯定会有所反应，更不要说罗伯特了。

之后——我最担心的事情还是发生了，就是关于自己的头发。亲爱的玛丽一如既往地富有洞察力。她默默地盯着我的头发看了一阵子，真让我精神崩溃，但她当时并没有说什么。后来我忍不住，主动对她提起这事，做了个很不成样子的解释。玛丽只评论了一句，说她想象不出，为什么会有人故意把自己打扮成比实际年龄老十岁的样子。如果玛丽是在劝我放弃自己不幸的试验，她这话说得实在很有技巧。我们于是转换话题，谈论起孩子们。玛丽很有善意，甚至于夸奖我的孩子们非常聪颖。受到她的鼓励，我开始讲述罗宾和维姬的一些有趣轶事。当我讲到罗宾对于高雅文学有着神童般的热爱时，我注意到罗伯特目不转睛地盯着我看，于是就自觉地打住了话头。事情也真有凑巧，今天午后到达的邮件里就有一封罗宾的来信。罗宾在信中说，他现在喜欢收集香烟卡片，要我尽量帮他寻找各种主题的片子，比如“全民美女”“奇异鸟喙大全”“足球名将”等等。我没有对玛丽提起罗宾的这个特别请求。

玛丽留下喝午后茶。我们谈论了 H.G. 威尔斯、妇女协会、流行疾病以及戏剧《旅途终点》。玛丽说她不能去看那个话剧，因为她每次看戏一定会掉泪。我说，那多看一次有什么区别吗？话这样说了，就有点儿紧张，我们于是放弃了那个话题。这时维姬走了进来，主动地说要给我们表演朗诵。可以看出玛丽对此一点儿也不感兴趣，她大概见惯了这种小孩子把戏，毕竟她也是个母亲，自己有三个儿女。但是玛丽很有礼貌，做出了非常欢迎的姿态。维姬于是开始高声诵咏“Maître Corbeau sur un arbre perché”[“乌鸦先生站在高高的树枝上”]（注意：告诉法国小姐，应该增加维姬的保留节目。过去半年里，要么是“乌鸦先生”，要么是“蚂蚁与蚱蜢”，我听了足有八百遍了。）

玛丽走后，罗伯特看看我，突然评论道：“那是个有魅力的女人。”我很高兴他欣赏我的富有才华的朋友，但真是希望他能够解释一下，为什么他说话的重音是在“那”字上面。不过罗伯特没再说什么，而这时埃塞尔进来了，我也就没有机会追问罗伯特。埃塞尔报告，厨娘说，很抱歉，家里没有牛奶了，好像储藏柜里有一罐代用品，如果我去取出来，她可以用它对付一餐。

1月25日 出席镇子上一个委员会会议，讨论如何为修建镇子的会堂筹款。我被与会人士公举为会议主席。我开始讲话：我们今天在这里聚会，为着一个共同的目标，对于如何尽快筹集所需资金，大家肯定也有诸多良好建议。我这时停下来，以便大家提出他们的诸多良好建议。结果下面是死一般的沉寂。我又说，当然，有时主意太多，也很难取舍。我的意思是，大家沉默的原因是需要衡量各种主意的优劣长短，而不是说没有主意。（注意：当人们试图做些善事的时候，往往不得不口是心非，这比较奇怪，也让人郁闷。）依然无人发言。我说，怎么样呢？把这话说了两遍。然后又说，大家讲讲看？（我那时心中有一个冲动，就是很想唱出莱斯利·萨洛尼的那句歌词：“我晃着手指对你说，哦，别这样啊，别这样。”我控制住了自己这个鲁莽的念头。）过了好一阵子，L夫人终于开口说话，她提议举办一个音乐会（她的儿子正在学小提琴）。然后P小姐建

议举行惠斯特扑克牌比赛（上次举办这个活动时，P小姐是女子组冠军）。弗洛丽·P则提出可以组织一个舞会，但马上有人提醒，快到封斋节了。弗洛丽回答说，现在的封斋节也跟过去不一样了。弗洛丽的母亲随即表示，封斋节这事还是要像过去一样尊重教区牧师的意见。有人插话说，这倒提醒了我，你们都听说了吧，斯玛尔先生昨天晚上去世了。我们就都议论了一下，说八十六岁算是高寿了。P女士说，她的一个姨姥姥已经九十六岁了，还活得好好的，只不过，那姨姥姥的丈夫五十九岁时就被上帝召走了。在座的人又都说，这种事情很难说，真的很难说。这时大家非常自觉而恰当地静默了一小会儿，然后继续有关封斋节的讨论。L夫人说，音乐会跟舞会不一样，跟封斋节不冲突。这观点赢得了多数人的支持。

有了这样一个共识，我们具体部署了准备工作。一些常见的节目都作了安排，有钢琴独奏、朗诵、二重唱，当然还有L夫人儿子的小提琴演奏。有人提出，F夫人和H小姐可以表演一段对白，但随即有人报告，这两位不久前吵架了，已经彼此不来往，起因是H小姐行为乖张，过于维护自己家的矮脚鸡。S女士说，哎呀，这也不只是矮脚鸡的事，任何争执都有两方面的原因，对不对？（大家讨论了此事，然后F夫人与H小姐的争执就有了起码二十个原因。）

这时教区牧师的夫人突然来到会场，她非常抱歉地说，记错了开会的时间。我邀请她担任会议主席。她谢绝了。我再次邀请。她说，不行不行，绝对不行。然后她就当起了会议主席。

我们又从头开始，重新讨论刚才已经解决了的问题。与会人员对封斋节的态度明显变得保守了。

会议大约在5点钟结束。回家的路上，牧师夫人与我同行。她说，你看上去很疲劳的样子。我到家了，请她进来喝杯茶。她说，谢谢你的盛情，不过我还要到教区的另一头去忙些事情。然后她就站在家门口跟我说话，主要是关于刚过世的斯玛尔先生（八十六岁，高寿了），就这样一直讲到将近6点。她告别时又说，实在想不出你为什么看上去那么疲惫不堪。

2月11日 罗宾又写信来询问我为他收集香烟盒卡片的事情。我把自己能够搜罗到的都给他寄了过去，包括维姬从年轻花匠那里淘来的两张。现在觉得自己竟然对收集香烟卡片有了一些兴趣，好像在任何时间、任何地点，不管是在普利茅斯还是什么其他地方，自己都可以低着脑袋仔细巡视排水沟、路面、电车地板，看看是否能碰到什么“奇异鸟喙”“足球名将”等画片。这事情发展到了这样夸张的程度，那天在火车上，我对坐在对面的一位旅客说，

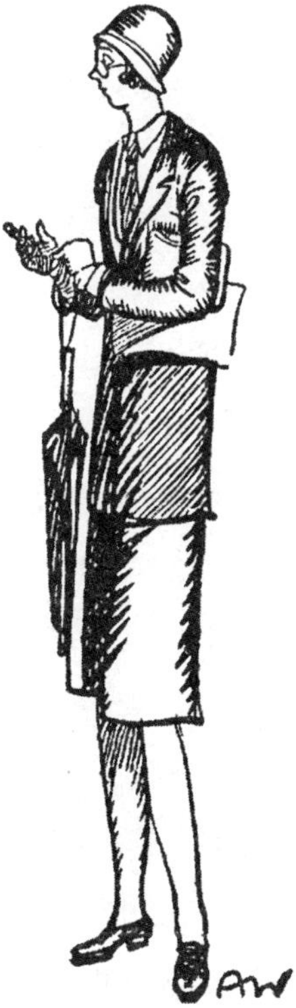

THE VICAR'S WIFE.

牧师夫人

请不要把香烟盒扔掉，交给我好吗。那个陌生的先生吃了一惊，但还是把烟盒递给了我。因为他没有询问我作此要求的原因，我也未加解释，结果就是他觉得我其实只是想找个理由跟他搭讪。

（备忘：也许可以给《时代与潮流》杂志写一篇文章，主题就是我们以母爱的名义所做的种种稀奇古怪的事情。又想了想，放弃了这个主意，我记起已经有人写过这个题目，有关那首流行歌曲，《虾妈妈是不是个好妈妈？》）

听说鲍克斯夫人在法国南部休假结束，回到镇子上了。她打电话对我的佣人说，她在安排一个家庭宴会，邀请我参加。我接受了她的邀请（为什么？）。

2月12日　鲍克斯夫人的行为实在让人难以忍受。到了她的宅邸，发现参加聚会的人很多，客人们在门口被告知可以直接去硬地网球场。去那儿一看，那场地四面透风，气温低得像北极圈一样。场地里有些身穿白色法兰绒衣裤的年轻男人，他们把球往墙上打来打去，大概是想让自己的身体暖和些吧。所有的客人都被强迫观看这个表演。鲍克斯夫人身着翠绿色皮外套，带有皮草领口和袖口的那种。我因为是走着过来，只穿了一件普通的外套和裙子，这时已冻得全身颤抖。一位我不认识的女士坐在我身边，一往情深地谈起赤道上的热带景象，对此我深表理解。坐在我

另一边的是位老年绅士，他说他最关心国际上的海军裁军谈判。他这话无头无尾，此后也没见他就这个主题给出他的高见。5 点钟过后我们才得到恩准，可以进屋喝茶，那时我心里非常清楚自己是什么状态：脸色发蓝，双手青紫。喝茶时鲍克斯夫人问我的孩子们怎么样，又大声地对周围的人们说："她可是位*模范母亲*。"她这么说了之后，坐在茶桌旁的人就没什么兴趣跟我交谈了。再后来，鲍夫人给大家讲述她在法国南部的经历，表演自己如何用法语与人机敏对谈，然后她自己把那些法语翻译成英文给在座的客人们听。

（我不得不严肃地考虑这样一个问题：一个母亲，比如我，如果被判了"正当防卫杀人罪"，对孩子们的将来有没有什么不良影响？）

一位身着黑色衣裙的陌生女士与我友好地谈论起国外旅游。我们两人好像挺合得来，起码我是这样感觉。她说，如果我以后到她家附近去，可以去做客。我说我会的，虽然自己知道到时心里又会踌躇不前。不过两人间的那种愉悦的默契后来似乎突然破裂了，因为她问我平时是否侍弄花圃，而我老实承认不是园艺高手。在这之后她好像还是非常友好，但明显已经没有了刚才的那种喜庆。我感到有些失落。

（*注意*：一定要记住，常年居住乡下的人们很难取得社

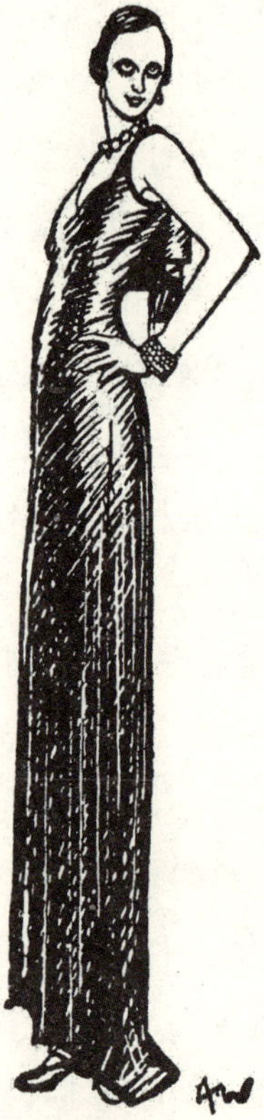

LADY B.

鲍夫人

交的成功。在造物主设计的这个世界里，像我们这样的乡下人肯定是有某种用途的，只是到目前为止这种用途尚未被发现。）

鲍克斯夫人问我是否观看了皇家剧场正在上演的最新戏剧。我回答：没有。她又问，去看了那个意大利艺术展吗？没去。她接着问，弗雷德里克·曼宁的那个小说《我们，她的私兵》，你觉得怎么样？这本书我没读过，但我激情充沛地讲出了一大段对于这本著作的见解。在这个对话之后，我觉得自己真该告辞了，不然很难说我会荒唐到什么地步。

鲍克斯夫人问："要不要传话把你的车子开过来？"我实在想直截了当地说：任你传什么话，也不可能把那辆不存在的车子招呼过来。但我还是很本分地回答说：不必了，我是走着过来的。鲍夫人惊叫道：走着过来的？这怎么可能，你可真行啊！我没再拖延，抓紧时间离开了，因为可以想见，接下去她一定会说我是怎样一个可钦可佩的模范乡村妇人。

回到家里，觉得冷气侵浸到了我的骨头里，这当然得感谢鲍克斯夫人把我们拘留在冰凉的硬地网球场上那么长时间。我对罗伯特表达了自己对鲍克斯夫人的看法。罗伯特没吭声，但是我觉得他赞同我的意见。

法国小姐说："Tiens! Madame a mauvaise mine. On dirait un cadavre..."［"啊呀！太太怎么这个样子，看上去像冰冷的

尸体……”]

我晓得法国小姐表达的是善意，但实在不喜欢她那个形象的描述。

去跟维姬说晚安，她躺在床上，像个小天使一样沉静。我问她在想什么，她轻快而又出人意料地说：“哦，袋鼠之类的。”

（留意：儿童的心理活动扑朔迷离，就是妈妈也难以猜到。）

2月14日　我获得了《时代与潮流》杂志征文比赛的一等奖！让人恼怒的是，这次的一等奖又有人并列。我立即给编辑部写了一封信，使用的措辞极佳，直指他们这种不公正的做法。信末我署了一个假名。发信之后，我心中忐忑不安，想着使用假名是不是非法行为。为了打消自己的疑虑，我仔细翻阅了《惠特克年鉴》，但只看到印花税、隐瞒私生子女等等条目，没有查到我所需要的信息。烦闷地放弃了查询。

给罗伯特弟弟的妻子安吉拉写了封信（这次用的是真名）。我友好地询问，她有没有投稿参加这一次的比赛。我希望她参加了。也希望她能老实承认。

2月16日　埃塞尔早晨报到时告诉我，家里收养的那个猫，海伦·韦尔斯，产下六个小崽，活了五个。

不知道应该怎样向罗伯特通告此事。同时再一次感叹大自然的非凡造化力。

安吉拉回复我的信件说，她没有参加这次的征文比赛，因为她觉得这次比赛的题目过于幼稚。不过她破解了墨洛珀纵横格字谜，前后只用了十五分钟。

（注意：安吉拉关于十五分钟破解字谜的说法肯定不可信。）

2月21日 把种有风信子的花盆移到了暖房，虽然盆里的花已经死亡殆尽。我对罗伯特说，再有一年我就会养得很好了。罗伯特说，再有一年？你可不要再浪费我的钱了。这答复让我非常沮丧。天气仍然寒冷如北极，鲍克斯夫人以宴请名义让我遭受的冰冻之苦还在影响着我。

海伦·韦尔斯和她的五个小猫崽在鞋柜里做了窝，维姬和法国小姐在那里盘桓，花了不少时间。罗伯特还不知道母猫生崽的事情，但这事很难继续对他隐瞒下去，应该找一个恰当的时机向他讲明此事。今天不行，一大早热水系统又出了问题，只能用凉水洗澡。

鲍克斯夫人今天下午前来造访。我觉得她是想亲眼看到我得了肺炎，重病在床。实际上，她是过来询问，我是否可以为她帮忙，组织5月初的一个义卖会。交谈之后，我了解到这个义卖会是为政党筹款。我问道，哪个党呢？

（我其实了解鲍克斯夫人的政治观点，我只是觉得，她不应该想当然地认为我与她持相同立场——事实上我们的观点并不一致。）

鲍夫人回答，这还用说？你看看那些俄罗斯革命党，你再看看那个教皇，难道要支持这些人？我争辩说，那你为何不看看国内的失业率？话说到这里，两人僵持起来。幸好这时仆人端茶进来，鲍克斯夫人就说，她得走了，因为下面她还要探访她的许多租户。临走前她问罗伯特怎么样。我当时非常想说，今天我们统辖下的所有诸侯都前来觐见，向我们呈递效忠表，罗伯特正在外面行礼如仪呢。当然，最后觉得还是不要太没风度，于是隐忍未发。

送鲍克斯夫人走到廊道门口，她说，那个橡木柜台放在廊道的另一边会更好看些，而且同一个房间里的家具应该材质统一，不应该既有红木，又有胡桃木。我实在是需要发泄心中的愤慨，所以当鲍夫人的司机启动汽车、载她离去的时候，我随手抓起维姬放在廊道桌子上的一面红色小旗，朝着鲍夫人的车子大力摇晃，同时口中低喊：A la lanterne!［造反啦，绞死他们！］。不巧，埃塞尔这时正从廊道走过，看到了我的怪异举动。她没说什么，但好像受到了一点儿惊吓。

2月22日　愁云密布。昨天晚上罗伯特睡觉前最后一

次巡视住处，海伦·韦尔斯极其愚蠢地选择在那个当口把自己的猫崽逐一介绍给罗伯特。

我把法国小姐和维姬支开了，让她们到镇子里走一趟，免得她们目睹后院木桶里上演的无辜被屠的惨剧。只有一只姜黄色小猫被留了下来，得以苟全性命。花了很长时间在心里编造故事，以便对维姬解释为什么其他猫咪不见了。我私下里对法国小姐讲述了刚才发生的事情，她对我说，由她来答对维姬。听她这样讲，我有如释重负的感觉。然后她又叹了口气说："les hommes manquent de Coeur."［"人类是多么的残酷无情啊。"］她的这句感慨好像要把我引向某一个故事，那故事我已听过，不想再听，那就是多少年前法国小姐的父母为她安排了 un mariage échoué ［一桩不成功的婚事］，那姻缘因为 le futur ［未婚夫］唯利是图的态度而搁浅。我于是赶紧岔开话头，询问维姬的鞋子是否防水。

（问题：一个人整天忙于无尽无休的家庭事务，这种压力会不会让人麻木，削弱对别人的同情心？我觉得是这样。但同时又感到，在目前情形下，自己没有能力改变这种心态。）

茜茜·克雷伯发来信函一封，写得很长，而且字迹潦草，信封背面写有一个非常古怪的问题：你是否认识什么较好的女性旅舍经理人？很想马上发一个明信片回去，对她说：不认识女性旅舍经理人；如有需要，可以推荐一个极为可靠的牙医。但随后记起，亲爱的茜茜缺乏幽默感，当年在学校时就是如此。

2月24日 罗伯特与我同赴午餐会，由我们选区的议员及其夫人主持。就餐时我身边坐着一位年迈的先生，他一直在那里对我讲有关猎鹿的事情，说这事一点儿也不残忍。他说这个运动诚实、健康、富于英式风情，就连雄鹿它们自己都喜欢。我知道与他就此争论是空费口舌，所以支应着说，对，然后就转而谈论其他话题，比如最近暴风雨带来的损失、社区里新搬来的邻居、巴德利·索尔特顿的高尔夫球场。然而我的努力终究归于徒劳，因为话题很快就又回到了猎鹿上去，而且一直到午餐结束时那老先生都在讲这事情。

在我的对面，罗伯特身边坐着一位身穿红色三件套的女人。我听到她孱弱地在给罗伯特述说她手上的冻疮。罗伯特客气地答应着，但并不是特别关心的样子。（这也许会让那个三件套胭脂虫觉得，罗伯特是那种心中充满爱意但拙于言辞表达的男人？）她进而谈到她过去得过的阑尾炎、眼下正在折磨她的坐骨神经痛以及不久将来她要面临的大肠疾病的威胁。罗伯特终归不为所动。

女士们到客厅歇息，大家围坐在微暖的壁炉火堆周围，

"CAN HEAR ROBERT'S NEIGHBOUR . . . TELLING HIM ABOUT HER CHILBLAINS."

可以听到坐在罗伯特旁边的女人在给他讲自己的冻疮……

饮用咖啡。就如往常在类似场合一样，我非常敏捷地从茶盘里拿出一大块冰糖，放进了自己的手袋里。维姬很喜欢这种小礼物。（问题：为什么与我同住在一个街区的其他家庭可以时常轻松地享受一些奢侈品，而我却几乎搞不到这些东西？如果理性地追究起来，答案似乎还是我本人治家无方。）

男士们也来到客厅里。餐桌上坐在我旁边的那位老先生又在大讲猎鹿运动的正当性，这次他讲话的对象是餐会的女主人，一位皇家动物保护协会的积极支持者。

议员先生跟我谈起足球。我说，我看法国队不错，那个贝哈特盖就踢得一脚好球。（留意：这个贝哈特盖是我在足球方面仅有的知识，自己一直用他来应付这方面的谈话，屡试不爽。但是，实在应该了解起码一位英国球员的姓名，可以使自己的答对多一点儿变化。）

午餐会结束，大家以惯常的优雅言辞彼此道别。非常不幸，我手袋上的扣环就在那一刻突然爆开了。藏在袋中的那块冰糖掉落出来，猛然砸在镶木地板上，发出了让人难以置信的巨大声响。短暂的震惊之后，所有在场的人都以明显过分的殷勤和决心低头追着去捡那块滚落的冰糖，只有我一个人纹丝不动，毅然挺直了身体站在那里。

那是一个非常、非常难熬的时刻。

不过，总的来说，罗伯特对这一最后插曲的反应也还算不错。他只是在回家的路上以问话的口气说：我们再也不会被这户人家邀去做客了吧。

2月28日　庭院正门附近长出了一大簇番红花。我站在那里，高兴地欣赏，心里想着自己能够做出怎样的机智有趣的评论，就像冯·阿尼姆小说里的那个女主角，“德意志花园园主伊丽莎白”。这时家里厨娘走过来，打断了我的思绪。她说，鱼店送货过来，只有鳕鱼和黑线鳕；黑线鳕闻上去不新鲜了，那就把鳕鱼留下来？

过去就已经注意到，生活往往就是如此——留下那个不太坏的。

3月1日　凯尔韦一家要过来吃午饭。我们先在这里聚齐，然后一起去参加一个婚礼，新娘是罗斯玛丽·H，一个邻居朋友的女儿。我费了好大劲，还是点不着壁炉，而凯尔韦一家已经到了。他们带着儿子，跟维姬差不多大。看上去他们三个人在外面冻得挺惨，我热切地招呼说，快进来暖和暖和！他们非常踊跃地接受了我这无法兑现的邀请。维姬跑进客厅，我再一次遗憾地注意到，她的头发笔直如丝。（小凯尔韦头上是自然鬈发。）

用餐。鸡肉熟过头了，土豆火候不够。蛋白糖饼倒还不错，孩子们尤其喜欢。维姬吃过之后，还想再添一份，但法国小姐不允许，两人就在那里低声争执。法国小姐呼吁维姬“端正言行”，维姬就让仆人把她的菜盘、勺子、叉子全都撤掉了。大人们对这场正在上演的戏码装作没有看见，只有小凯尔韦津津有味地看热闹，他还毫不犹豫地给自己添加了一份糖饼。

午餐完毕，我们整装出发。罗伯特和凯尔韦先生各自戴上了高顶大礼帽，形象靓丽到矫揉造作的程度。两个孩子看到他们父亲的样子，觉得非常有趣，一起放声尖叫起来。我们开车离开时，看到留在家里的两个孩子倚靠在法国小姐身上，笑成一团。

（问题：自卑综合征是近来人们花了许多笔墨争辩的话题，现在这心理疾病是否已经从少儿那里转移到了成人身上？）

玛丽·凯尔韦身着蓝色裙装，配有宝石饰品，看上去挺漂亮。我选择了红色礼服，至于饰品，我只能在心中默念那个姨婆留传给我的宝石戒指，它目前仍被抵押在普利茅斯一条小街上的当铺里，由我的老朋友也就是当铺店主精心保管。（留意：财务状况依然没有起色。绝对必须搜罗一些自己不穿的旧衣服，送到二手货店铺里，由他们酌情处理。实话说，我都为自己虚假的富裕形象感到惊讶——身披皮草，戴着白手套，脚穿新近置备的鞋子，就这样款款落坐在轿车里。新鞋不合适，挤得脚好痛。生活就是这样富有讽刺意味。)

婚礼很迷人，罗斯玛丽 · H 看上去挺可爱，伴娘们也都很精致。一个伴娘头顶红发，看到她时，凯尔韦先生转向我，悄悄地问了一个私密问题，几乎让我崩溃："上次你染发，就染成了这个颜色吧？"

参加婚礼招待会的人很多，大多数我都认得，但有一位身着粉色衣裙的陌生女士让我有点儿意外。她说，我大概不记得她了（的确如此），但她在我们家里打过网球。她问道，你们那可爱的双胞胎最近怎样？我当时有点儿晕场，直接回答说，他们非常好。只能指望以后再也不会碰到此人了。

与最近迁居到本地的农场主人萨默斯夫人交谈。她一再道歉，说我上次去看望她之后她一直未能回访。对此我考虑了两个回复，要么说，"我没留意到你没来啊"，或者说，"弥补过失要抓紧"。但觉得这两个回复都过于强势，于是弃而不用。

与年迈的杜弗德女士攀谈。想起我与她上一次见面也是参加一个婚礼，就是琼斯他们的婚礼。杜弗德女士说，那一对夫妻啊，他们婚后不及一年就闹翻了。她又问，你听说了吧，格林两口子已经分居了，还有那个维尼芙蕾德 · R，她搬回父母家去住了，因为她的那个他酗酒成性。听说了这几个故事，我竟然能够理解年迈的杜弗德女士下面的这句评论："看到眼下这两个好端端的年轻人走到一起，真是痛心啊。"

新郎的一辆大型轿车开了过来，停在了正门前。年迈的杜弗德女士又不以为然地对我摇头说，咱们那时候，那绝对必须是双骏四轮马车。我对她的感言表示首肯，但心里觉得她没有必要对我强调时光的飞逝，我与她之间还隔着好多年呢。

与杜弗德女士的交谈的确让我感到有些伤感，喝了一杯香槟酒，情绪才慢慢缓和过来。我问罗伯特，眼前的情景是否让他回想起我们自己的婚礼？罗伯特听了之后，有些吃惊，说：没有，没有啊，怎么会？我考虑了一下他的这个反问，不知道如何答对，于是就放弃了这个话题。

新婚夫妇离开之后，参加婚礼的宾客就散了。我把凯尔韦夫妇请到家里用茶。

终于可以脱掉那双新鞋子了，脚好痛。

3月3日 维姬与我下跳棋。她突然说：如果我死了，你会哭吗？我给予了肯定的答复。那么，她接着问，你会嚎啕大哭吗？你会不会声嘶力竭地尖叫？我拒绝承诺自己会有这样夸张的表现，然后维姬就表现出一种震惊和沉痛。我跟法国小姐讲了此事，希望她以后教导维姬不要有什么近似病态的想法和行为。法国小姐让我翻译一下"病态"

VICKY.

维姬

这字眼，我考虑了一小会儿后说，就是 dénaturé [法语：违反自然]。法国小姐听了我的解释之后，尖叫一声，慌忙用手在胸前画十字。她对我说，你不知道你自己在讲什么，否则你就被自己“en reculer d’effroi”[“吓坏了”]。

我们决定就此结束这次谈话。

教区牧师夫人 7 点来访，她和我一同前往附近地区的一个妇女协会，因为我此前比较鲁莽地接受了别人的邀请，答应在那里做一个演讲。车子行驶在路上，牧师夫人对我说，那边妇女协会的干事长患有心脏病，随时都可能发作，所以她不能过于劳累，也不可以太激动，也许一声大笑就断送了她的性命。牧师夫人讲到此事时神情严肃，让我印象深刻。

听了牧师夫人的话，我只好抓紧时间修改我的讲话，从中删掉了两个逗笑的段子。此后我又惊恐地发现，晚上聚会的程序里还有跳舞以及邮差抢椅子的游戏。我问牧师夫人，如果协会干事长真的心脏病发作，那可怎么办？牧师夫人回答这个问题时表情有点神秘。她说，干事长总是提着一个手袋，里面备有特制滴剂；关键是要盯紧那个手袋。后来整个晚上我都提心吊胆地看着干事长手里的那个小提包。

我做了演讲，听众有礼貌地感谢了我，然后有人问我是否可以担任一个竞赛的评判人，比赛的项目是手工织补。

我说，没问题，实际上心里忐忑不安，知道周围大概没有几个人对织补比我了解得还少。但我做了评判，又被感谢，喝了茶，还吃了一个面包圈。随后大家就都开始进行那个邮差抢椅子的游戏。大家越玩越投入，气氛火爆。整晚节目的高潮来了：两个体积庞大、年岁也不小的女人在抢椅子的跑动中撞在一起，轰然倒在了房间中央。我立即想到，这下肯定要引发心脏病了，马上就要冲过去抢夺干事长的手提包。不过预想中的危机并没有发生。晚会结束时大家一起高唱国歌，那时牧师夫人就在那里悄声说，希望她的车灯没有问题，可以顺利送我回家。我们欣慰地发现，车灯没有什么大问题，也就一个尾灯不亮，其他的灯只是光线暗淡而已。

到了我的住处，我请牧师夫人进家里来坐坐，她说，不必了，不必了，时间真的太晚了。这么说着她就进来了。罗伯特和家猫海伦·韦尔斯都在客厅里睡着了。牧师夫人说，我稍站一下就走。我们就谈论起农村妇女、首相斯坦利·鲍德温、大西洋岛屿马德拉的酒店（我们两人谁也不曾住过），还有其他一些不相关联的事情。埃塞尔为我们端来了可可饮料。从她把盘子蹾放在桌子上的样子可以看出，埃塞尔觉得这个晚间额外服务不近情理。大概她明天就会辞工走人。

到了 11 点，牧师夫人说她真的希望那双座轿车的车灯还是好的。她向外走，到了廊厅门口。在那里我们又立住脚，议论了镇子里将要举办的音乐会、鹦鹉热疾病以及教区的大主教。

牧师夫人的车子打不起火。罗伯特和我把牧师夫人和她的车推下门前的停车道。那车的引擎痉挛挣扎了一会儿，终于启动了。牧师夫人从车窗伸出手来向我们摇摆告别，然后她就和车消失在夜幕中了。

回到屋内，罗伯特非常没有风度地说：抓紧，锁门关灯上楼，说不定一会儿她又有什么事情拐回来了。我们按他的意见办，但罗伯特又想着把海伦·韦尔斯扔到屋外去过夜。他在屋里把猫赶来赶去，徒劳无功。海伦·韦尔斯跑到钢琴底下，又躲到书橱后面，然后就消失不见了。

3月4日　正如我所担心的那样，埃塞尔辞职了。厨娘说，这家里变动太多了，她也想着走了算了。我感到非常绝望。给五个佣工介绍所发去了询问函。

3月7日　绝望。

3月8日　厨娘的态度有所缓和，她甚至说，只要我觉得合适，她就可以待下去。我几乎要说，那样的话，你

就准备在这里与我消磨一生吧。当然这话我没说出来。今天大部分时间都在普利茅斯奔波，寻找那虚无缥缈的客厅女侍，直搞得自己身体和精神都疲惫之极。路上遇到了鲍克斯夫人，她说，所谓的仆人问题是个不存在的问题；她从来就没有这方面的麻烦。关键，她说，是要懂得如何训练仆人。一方面应该态度坚决，另一方面也要富有人情味。她问道：你有人情味吗？你知道仆人们不时地也需要一些娱乐消遣吗？我脑子一热，回答说，没有，不知道；通常的情况下，仆人干完活我就把她们用锁链铐起来，扔到地牢里。听到我的话，鲍夫人并没有露出生气的样子，而是大笑起来，这让我的尖刻回答失去了效力。她说，你总是这么有趣。好啦，她接着说，先这样吧，我们肯定会在康沃尔公爵酒店进午餐时再见面的，咱们这周围也就那里的午餐还算过得去。我迅捷而又有礼貌地回答说，是的，我们肯定会在那里见面的。与鲍夫人分手后我就去了一家我经常光顾的小咖啡店，在那里吃午餐，同往常一样，我要了番茄酱烘豆和一杯水。

不可避免而又拷问人心的问题来了：如果，只是说如果，鲍克斯夫人愿意做东，请我到康沃尔公爵酒店吃午餐，我会不会答应？我自己很清楚我已受够了番茄烘豆和白水，尤其是在一整天奔波购物、寻找女佣的情况下，营养太差。更何况，自己一直都希望能够拓宽自己生活上的视野，不论是在酒店或其他什么地方。但从另一方面想，我也很清楚，如果我接受鲍克斯夫人的邀请，去吃她那五先令的午餐，自尊心会严重受损。坐车回家，一路上都在想这个问题，但终于未能得出明确的结论。

雇用客厅女侍的事情还是毫无头绪，这真是失败的一天。不过有一个意外收获，那就是在人行道上捡到两张香烟卡片，属于奇异鸟喙系列，挺干净的。

3月9日 没收到任何客厅女侍的应聘信息。与我的惨淡情形相反，埃塞尔大概有百八十个潜在的雇主。多少次豪华轿车直接开到我家门前，车主都是前来拜访埃塞尔的可能雇主。厨娘的心思又动了，一天甚于一天。如果事情再这样继续下去，我就只好前往伦敦，住在露丝那里，就近探访佣工介绍所。

今天早晨在镇子里遇见了芭芭拉，身上穿着新的花呢套装。这是个聪明可爱的姑娘，只是她脸上的腺状肿依然如故，尽管我一直建议她去做个小的整形手术。芭芭拉对我说，大家都知道你是个善心人，有空时你能否去看望一下我母亲？她现在不大能走动了，只好待在家里。我非常热情地回答，当然可以，实际上心里并不那样想。然后我想起来现在正是封斋节期间，真应该做点儿善事，于是决定马上就去拜访那老太太。我夸奖芭芭拉的新衣服漂亮。她说，真的挺好看，是吧？然后她又说——其实没有必要跟我讲这个——她是通过《约翰·贝克减价商品目录》买到的这身套装，只花了四个基尼，货到之后只是稍微改动了一下，把腰身放宽了些，又把肩膀那里紧了紧。然后她又别有意味地说，反正现在又时兴长裙了。

芭芭拉去参加晚祈会，我就去看望她的母亲。到她们家之后，看到老太太坐在扶手椅里，身上裹着披肩，正在阅读一本极为厚重的书，《比肯斯菲尔德爵士大传》（这有些夸张吧）。我问她身体如何。她摇头叹息，反问道，你能想象得到吗，我年轻的时候，朋友们都把我叫作“小蝴蝶”？（这种问题最难应对，不管你赞同不赞同，都会显得缺乏同情心。实事求是地讲，看她裹着披肩的样子，不像蝴蝶，更像一个蛹虫。当然这个就更说不出口了。）不过呢，布伦金索普太太接着说，她不是那种只关注自己的人，不愿意整天只想着自己的不幸——讲到这里，布太太略显忧郁地微笑了一下，然后接着说：“我就坐在那里，日复一日，随时准备倾听别人的快乐和烦恼，而许多人也确实到我这里来倾诉，一个又一个。大家都对我说，只是看到您的和蔼微笑，我们就感觉好多了。”而后布太太又略带抗议意味地补充道：“实话讲，我都不知道他们那么说是什么意思。”（实话讲，我也不知道。）

MRS. BLENKINSOP.

布伦金索普太太

这时，布伦金索普太太把话头停了下来，似乎是在等着我向她倾诉我的欢乐与苦恼。大概她希望听我说罗伯特有了外遇，或者是我爱上了教区牧师。

我不能满足布伦金索普太太的期望，于是就谈起芭芭拉的花呢套装。布太太马上说，她一直都觉得女人的装扮应该有女人的样子，她为此花了许多心思，在这里加个缎带，在那里放朵小花，毕竟细节就是一切。我们眼下的谈话让她想起一位朋友曾经对她讲："亲爱的布伦金索普太太，你如此尽心地打理别人，实在让人钦佩。"对于这样的赞赏，布太太总是谦逊地回答，她只是一个无用的老妇人。不过她有许多许多好朋友，这倒是真的。为什么？因为她的人生格言从来都是：向外看，而不是向里看；向上看，而不是向下看；助人一臂之力。

话说到这里，我们的谈话又有点儿凝滞。为了救场，我问起她正在阅读的《比肯斯菲尔德爵士大传》——你觉得此人如何？布伦金索普太太回答：他真是个人物。人们常常对布太太说，啊呀，你真孤单啊，芭芭拉整天在外面跟些年轻人交游，你就一个人待在家里，多么的寂寞。布伦金索普太太总是回答说，只要她有自己的书籍，她从不觉得寂寞。对她来讲，书籍就是朋友。给她莎士比亚、简·奥斯汀、梅瑞狄斯或者哈代，她就迷失了——迷失在自己的世界里。她整天读书，晚上也几乎不睡。布太太问道：有书为伴，整个晚上，半小时，一小时，听到座钟一次次鸣响，直到天亮，你知道那是什么感觉吗？什么感觉，我实在不知道，因为每天晚上 9 点之后我就困得睁不开眼睛，但是这事儿我不会告诉她。我起身道别。布伦金索普太太感谢我抽出时间来看望一个老妇人，她说自己的情况还好啦，毕竟已经高龄六十六了，或者，如同她的朋友们所说，是少兴六十六。

对布伦金索普太太的访问毫无益处。我出来后，见到任何一个人都想冲过去抢白几句。

3 月 10 日　家里还是没有女侍。写信给露丝，问她我是否可以去她那里住一周。又写信给住在什罗普郡的格特鲁德姑姑，询问我可不可以送维姬和法国教师去她那里逗留一段时间，因为现在家里缺乏人手，她们不在，事情会容易些。不过没有对格特鲁德姑姑说这是送她们过去的真实原因。我问罗伯特，我要出去，他自己在家会不会感到孤独，他说，呃，不会的，并说希望我在伦敦度过一段美好时光。我立即发挥自己的辩论能力，对他解释我可不是到伦敦度假消遣。正与他这么说着，我突然担心自己是不是已经变得像布伦金索普太太那样絮叨，于是马上住了嘴。

罗伯特什么也没说。

3月11日 露丝回信了，说她很愿意让我过去住几天。听到我要去伦敦，家里的厨娘幽怨地对我说：“太太，希望你在外面度过一个愉快的假期。”对此我真想直截了当地驳复，但知道自己目前困于情势，不应如此莽撞，否则会闹到她也辞职。我于是回答说，这次出去，我只是希望能够“好歹”找到一个客厅女侍。听到此言，厨娘一脸的不予置信，回答说，我也真是希望如此，现在家里的情形，真正是到了“好歹”都维持不下去的地步。我急忙走出厨房，装作没有听到厨娘的那句话。

查看了橱柜里自己的衣服，觉得没有一件可以在伦敦穿。看《每日镜报》得知，现在又时兴长裙了。我惊恐地发现，自己没有一件裙子盖过小腿的一半。

3月12日 在藏衣室里拣出一大批自己的衣物，打包邮寄出去，地址是我在《时代与潮流》杂志里看到的，那广告说，最高价格收购旧衣物，收货即开支票。我很悲观地估计，自己这些衣服的价值也许还不及回信的邮票钱，于是督促自己又添上了罗伯特的几件东西，包括他的旧猎装，一件产于1907年的雨衣，还有一件质量很差的羊毛衫。然后自己就陷入了惯常的心理纠结，是向罗伯特坦白自己所做的事情呢，还是采取不那么光明正大但显然更加实际的做法，那就是闭口不提此事，让他以后自己发现，

当然到时候自己的邮包早就出门上路了。实际的考虑再一次战胜了自己的良知，我决定不对罗伯特提起此事。但这决定也是来之不易，心里留下了那么一点内疚。

（问题：如果一个人很少纠结自己在行为或判断方面的错误，就算这人冷酷无情，这是不是坚强个性的表现？我对此问题的回答几乎就是肯定的。我甚至想到可以据此为《时代与潮流》写出一篇文章。当然思路还比较模糊，但主题却非常精彩：《较之内疚，铁石心肠是不是更有裨益？》。可惜自己目前没有时间写作这样的文章，不仅客厅女侍走路了，眼下还急着研习朗费罗的诗歌《“长庚星”的沉没》，要在本镇音乐会上朗诵。也许可以把上面的主意定为妇女协会的一个辩论题目？对此也有疑问，因为教区牧师夫人可能会觉得这种道德话题是她丈夫的专责。）

决定退出每月读书俱乐部，因为我跟他们对新书的判断总是相左，分歧日益明显。我就此给俱乐部写了一封长信，言辞很顺畅，论辩也很犀利。把这绝交信发出之后我才突然想起，上次收了他们寄来的莫鲁瓦所著的《拜伦传》，眼下还欠着他们十二先令又六便士。

3月13日　维姬和法国教师启程前往格特鲁德姑姑那里。法国小姐有些伤感地说：“Ah, déjà je languis pour notre re-tour!”［“啊，可怜游子心！”］她说此话时离走出家门

也就三十分钟，而她们要在外面停留三个星期。不能鼓励这种情绪。到了火车站，法国小姐立即找出一瓶科隆水，说是防备她或维姬或两人一起染病躺倒。回到家里，感觉整个住处像是坟墓。园丁说，维姬小姐那么一丁点儿个孩子，就这么打发出去了，可怜的姑娘大概连信也不会写，在外面过得再苦，她也说不明，道不白。

到床上躺着，觉得自己像个杀人犯。

3月14日 收到了旧货公司发来的邮政支票，数额小得不成体统。一同寄来的还有那件带有兔子图案的白色网球衣，旧货公司的信件宣称，此件不可能售出，因此退货。我觉得他们欠我一个更合理的解释。我考虑是否致函《时代与潮流》杂志，质问他们，在决定刊登特定广告之前，编辑们是否曾经仔细查考广告的可靠性。后来想到，如果他们回信，就会牵涉我为什么会使用那个旧货公司的广告，这自然将损害我的声誉，不管怎样，我也曾是他们杂志每周征文竞赛一等奖（并列）的获得者。

（备忘：看看能否把那白网球衣染成黑色，改成披肩。）

很不走运，两个造访者把我堵在了家里，是怀特先生及其太太。这两人正在附近开设一家养鸡场，他们觉得能够以此挣钱发财，而且好像两人也是因为这样一个创意结了连理。我跟客人谈论了鸡鸭、住宅、风景、伦敦与本地之间的列车班次等等。我问他们是否打网球，又恭维地说他们大概有运动方面的天分。怀特先生令我吃惊地答道，那也说不上是“天分”，言外之意是他们有这方面的特长，只是不想夸口。怀特先生打听起当地网球锦标赛的情况，怀特太太回忆起他们过去参加过的锦标赛，只是没有讲他们输赢如何。他们又讨论起他们作为比赛选手的某些弱点。我想到家里的网球场地状态极其糟糕，心里拿定主意，绝不能邀请这对夫妇到我们这里来打球。

后来我们谈论起政治。怀特先生说，在他看来，首相劳埃德·乔治也就是有点儿小聪明，没什么了不起。就是有点儿小聪明，如此而已，怀特先生郑重其事地断言。我提起联合政府和《保险法案》这两件事情，怀特先生非常自信地重复自己的意见，那都不过是些小把戏。他又补充说，目前政坛上，鲍德温生性诚恳，拉姆齐·麦克唐纳则是一个懦夫。怀特太太支持她丈夫的观点，但说了些不相关的事情。在她看来，英国工党一定在暗中勾结俄国，否则那些布尔什维克革命党人怎么敢一直这样嚣张？

怀特太太又出人意料地说，禁酒运动、犹太人以及与之相关的各种事情都不是什么好兆头，你不这么觉得吗？我支应着说，当然，当然，心中只想快点儿结束这个谈话。我问，你弹钢琴吗？她说，不，不弹钢琴，但是会玩一点儿阿克雷利（那大概是夏威夷的一种四弦琴吧）。我们接着

思。露丝说，为何不去极有名的美容文化中心，让她们打理一番？我在镜子里端详了自己，觉得自己的形象确实有颇大的改进余地，于是决定接受露丝的建议。但是我让露丝答应永远保守这个秘密，不然事情传到鲍克斯夫人的耳朵里，我真不知道她会怎样地评头论足。我打了电话，做了预约。露丝说，在那之前，我们去看意大利艺术展吧？那展览太精彩了，她自己已经看过四遍了。我说，应该，应该，这就是我来伦敦的缘故，不过我觉得看这展览，应该早晨去比较好。露丝说，那我们明天一大早就过去？我极力做出非常遗憾的表情，说，太可惜了，明天早晨我必须去佣工介绍所。露丝说，那么，我们什么时候可以去看那展览呢？我回答说，咱们过两天再决定吧，那时我就知道自己的事情进展如何了。我心里意识到这意大利艺术展是非看不可了。实际上我也是想去看的，只是有个直觉，去了之后一定晕场，什么也看不懂，过后别人问起观感，我又会陷于挣扎，不知如何答对为好。

露丝的厨师像通常一样做出了一顿丰美的晚餐。我心中对罗伯特感到愧疚和同情，他自己在家，肯定是坐下来吃他的牛肉末加干酪通心粉，随后再来一点儿核桃仁。

露丝说明天带我出去参加晚宴，会见到著名的女作家兼宝玉收藏家。还会见到更加著名的教授（女），以及其他一些有趣的人物。我决定出去买件晚礼服，即使透支银行账户也在所不惜。

3月18日　非常顺利的一天，虽然还是没有去看意大利艺术展。（备忘：不久将与芭芭拉在俱乐部的茶会上见面，所以必须在那之前观看展览。）

访问了几家佣工介绍所，那里的工作人员都跟我说女佣们不愿意到乡下去，这一点我当然早已知道。她们还说我开的工资太低。出来之后，情绪有些低落。为了振作精神，决定马上去购买晚礼服，即便这花销超出了我的支付能力，而且如今时兴的腰身也不适合自己的身材。觉得布朗普顿大街大概会有我能穿得上的衣服，就决定去那里。我在那里沿街走着，不时地停住脚步研究橱窗里的商品。就在那里，我竟然与芭芭拉·布伦金索普撞在了一起。她说，怎么就这么巧，我们在这里碰到！我说，到伦敦来，可不就是这样。芭芭拉说，我这会儿正要去那个意大利艺术展呢…… 我不等她把话说完，说了一句，再见啊，就一头扎进了身边的一家商店，藏身在店里样式高档、价格昂贵的服装之中。

在店里先后试穿了五件裙子，觉得很难判断它们的优劣，只弄得自己的头发越来越蓬乱，鼻子上的敷粉也抹掉了不少。售货小姐的一些话也让我犹豫再三，拿不定主意。比如她们说，这衣服你穿着，现在看着是有点儿扎眼，那是因为白天的关系，到了晚上指定好看！最后选定了一件，银色，很薄的材料，带有一个不小的蝴蝶结。我对服务员说，马上送货，但她们说商店没有这个服务，我只好把衣服装在一个纸盒子里带走。出商店门时我还在想，也许那件黑色雪纺绸更好一些。

希望后面在美容厅的试验能有奇效，可以提高一下我的自信和自尊，因为我现在的心情可是够低落的。走进福勒食品饮料店，为维姬和罗宾分别邮寄了一些巧克力，自己的精神也好了一些。又琢磨了一下，特别为法国小姐添加了一些薄荷软糖，免得她又 blessée [感情受伤]。午餐时，除了咖啡之外，点了牛尾汤和龙虾沙律酱，就因为这些菜点是在乡间家里是最少见的。

去了美容厅。觉得这个体验真是有的可说，我甚至想到，鉴于我和芭芭拉之间的讨论，自己也许可以就此为《教区杂志》写上一篇文章，为那刊物增加一点儿活力。很快就意识到，这个话题不会取悦于我们的杂志主编（尊敬的教区牧师先生）。

在美容店门口迎接我的是个形象极为恐怖的人物，肤色耀眼夺目，头发靛蓝，指甲染成了橘黄色。不过这人物很快把我转交给了一个非常漂亮的小姑娘，她有红褐色束发，脸上一片宜人的笑容，这又让我放下心来。我被领到一个带有门帘的隐秘的小单间里，躺倒在一个长椅上。然后就是长达几个小时的繁复工序，这期间那小姑娘好像从我脸上去除了数百层的污垢。（善解人意的美容师非常体贴地解释说，那都不过是“酸性物质”。）她还为我修了眉，拔去不少眉毛，很疼。

结果就是，我从美容店里走出来，几乎变了个人，当然是变得更加漂亮了。我于是有点儿冲动，一不做二不休，去买了粉底霜、胭脂、涂粉，外加口红。自己也想到了要让罗伯特接受这些东西不容易，但决定眼下先不管这个难题。

回到露丝的公寓，穿衣打扮，准备出去就餐。露丝说，她下午自己去看了意大利艺术展。

3月19日　露丝带我去参加晚宴，会见一些才华横溢的朋友，这些人都与女权运动有些关系。我穿上了新长裙，有生以来第一次对自己的形象颇感满意（唯一的遗憾就是姨婆留下的那枚钻戒不在身边，它仍然躺在普利茅斯一条小巷里的那个当铺里，装点着那个店铺的门面）。我努力调动自己的意志力，从心中驱除所有因自己的花销而产生的焦虑。在这方面，与会的女权主义者的热烈情绪很有助益。我发现她们都是态度极为和善的人。比如那位著名教授，来之前我还请教了露丝，问她我是否应该阅读一些有关分子学或类似的题目的书。见面之后，女教授笑容满面地递

给我两张香烟卡片，因为她此前听露丝说过，我为罗宾进行此种收集。在这之后，一切关于分子学的想法都烟消云散了，整个宴会期间我都非常愉快。

著名文学副刊的主编也出席了晚餐，而且她还记得与我曾在文学俱乐部的餐会上见过面。我在晚餐快结束的时候了解到，著名的主编也没有看过那个意大利艺术展。我听到她这么说，就颇有深意地望了露丝一眼，希望她留意到了这一点。

鸡尾酒和绝妙的菜肴为晚餐增色不少。我坐在著名主编身边，她大概还不太了解情况，不知深浅地问我对她的报纸有何看法。仗着一点儿酒劲，也因为主编的友好态度，我直率地表达了自己的见解，感觉自己的评论颇为机智，也很宝贵，值得聆听。（其实自己当时也似乎意识到，半夜里我就会从睡眠中突然惊醒，浑身冷汗，对于自己早先的夸夸其谈有一个截然不同的判断。）

时近半夜，露丝与我离开聚会，返回住处。与我们乘坐同一辆出租车的是那位非常著名的戏剧作家。（非常希望鲍克斯夫人知道此事。一定要尽早告诉她。当然应该是偶然而漫不经心地对她提起。）

3月20日　访问了更多的佣工介绍所，找到客厅女侍的希望却变得更加渺茫。

芭芭拉·布伦金索普到我所属的俱乐部喝茶。她说，她所住的斯特里特姆那地方很热闹，昨天晚上她的朋友带她参加了一个舞会，结束之后一位名叫克罗斯比·卡拉瑟斯的先生开车送她回到住处。我们谈论衣饰——现在晚间礼服时兴长裙——长裙确实比较优雅，但看上去不是那么健美——至于白天的穿着，妇女们再也不会屈服于长裙了——另外现在也时兴长发。不过芭芭拉终究还是把话题引回到了那位克罗斯比·卡拉瑟斯先生。她问道，你怎么看，如果一个年轻女子跟一个男性朋友去SOHO夜生活区就餐，会不会让人觉得有点儿轻浮？我说，不会的，完全不会的，同时心里想，自己的女儿维姬穿上蓝色塔夫绸长裙，头戴班克斯花环，一定会是个很漂亮的婚礼伴娘。

亲爱的儿子罗宾发信，家里转来，我晚上收到。罗宾说，复活节期间开车出去旅行该有多棒，他的一个名叫布里格斯的同学就要这样度假。（布里格斯是百万富翁的独生子，家里有两辆劳斯莱斯轿车，外加不知几个司机。）罗宾这样请求，天真无邪，我感到实在不能拒绝。我想大概可以说服罗伯特，让我开着家里的老式标准牌汽车出去一趟。我们可以在旅店住上一夜，第二天回家，这大概可以算是汽车旅行了吧。

这让我想起，目前家中财务状况依然紧张，尤其是姨婆留下的那个钻石戒指，如不能按时赎回，就要一去不复返了。现在唯一可行的办法就是继续透支银行账户。

我从来也不喜欢透支银行账户这个主意。而且，这明显不是轻车熟路的事情，以前做过，现在再做反而更难。不过，我还是鼓起勇气，前往银行，去跟那里的经理交涉。很快又要体会到那熟悉的窘迫和难为情了。到了银行，我先花了些时间营造融洽的气氛，与经理讨论了天气、政治形势以及英国赛马会最可能的首发者。终于，闲谈不可避免地停止了。我们两人坐在那里，中间隔着桌子上面积颇大的粉色吸墨纸，彼此对望着。我心里有个冲动，就是想继续跟他讲一些完全无关的事情，比如他桌子抽屉里有没有其他文具？每次进来一个客户，他都会拿出一个新的记事簿吗？（人在极端紧张时，大脑会稀奇古怪地四处游弋，这个大概算是个有趣的科学研究课题。可以就此事请教那个在晚餐会上遇到的女教授。这个题目肯定好过什么分子学。）

接下去就是冗长而痛苦的谈判。银行经理是个善良的人，但是他把“担保”这个词讲了起码有二十多遍。我则不断重复地说“短期疏缓”，因为自己觉得这个字眼很有商务意味，而且暗示还款会是在不远的将来。正当我感到自己已经渡过了最大的难关、事情有了起色的时候，银行经理说了一句话，直接把我的精神打成了细得不能再细的沙土——他说，咱们还是先来看看你的账户的当前状态。我只能做出温文尔雅、宽容大量的样子，同意他的建议。我心里很清楚，自己账户的当前状态就是只有奄奄一息的十三镑又二先令又十便士。一本巨大无比的账簿，载有上述可观的数字，马上被搬了进来，摊开在我们两人之间的桌子上。

交涉继续进行。

终于，我从银行走了出来。此次访问的目的业已达成，但是我精神疲惫之极，当天再做不了任何其他事情。露丝真是仁慈的化身，她找出鲍威尔牛肉汁，为我们做了一顿口味极佳的午餐。她同意我的观点，不要说什么财富并不意味着幸福，那是一派胡言；我们知道得太清楚了，它确实就那么意味着。

3月21日　我对露丝认真地说，如果还是找不到女佣，自己就要疯掉了。露丝一如既往地富有同情心，但是她也想不出什么我还不曾尝试过的办法。为了振作自己的精神，我们去了一家正在打折的商店，在那里我购买了一件黄色亚麻网球衫，售价一镑九先令六便士。买这衣服时我心里颇有底气，因为刚跟银行谈好了透支协议。不过后来还是感到心中愧疚，好像是从罗宾和维姬嘴里夺走了面包。

经历了另外一个非常痛苦的时刻——我对露丝说，咱们去看那个意大利艺术展吧，露丝沉默了一下，对我说，那展览已经结束了。我大吃一惊，马上纠合起我全部的才智和知识，也不管露丝脸上是什么表情，极端热诚地与她讨论文学界的最新小说。

3月22日　罗伯特发来一封电报，内容出乎我的意料：我们当地的佣工介绍所可以向我们推荐一个侍者，是男性。罗伯特说，如果我在伦敦的努力仍然没有结果，也许我们应该雇了这个男佣。我回了电报说，好，然后就觉得自己犯了一个错误。露丝对我说，不要反悔，并极力阻止我出去再发电报。我冷静下来之后，心里感谢露丝。我想罗伯特大概也是这样感觉，因为他作为一个男人，非常讨厌电报的来往反复。

整个傍晚我都在给罗伯特写一封长信，为新的男佣开出职责清单。（一想到早晨是个男侍者送茶过来，我就心中不安。与露丝讨论此事，她非常直接地说，你想想，在你住过的外国宾馆，他们用的还不都是男服务生？我依她的建议回想了一下，轻易地就记起了好几个我宁愿彻底忘记的尴尬事件。）

晚上入睡之前，我花了很长时间考虑如何打理好家政。我再一次提醒自己，自己在这方面的能力实在不敢恭维。经过这一番梳理，我深刻地认识到了自己肩负重任，头脑也变得前所未有的清醒，然后就在那一刻昏睡了过去。

3 月 25 日　回到家里，见到罗伯特、家猫海伦 · 韦尔斯以及新来的男侍，后者姓“菲茨西蒙斯”。我对罗伯特说，多么奇怪的姓，他怎么可能姓这个？罗伯特说，他怎么不可能姓这个？只能说，如果罗伯特连这一点也看不到，我无话可讲。然后罗伯特说，当然我们可以用他的名而不是姓。我于是了解到此人名叫“霍华德”。我把两个选项在心里掂量了一阵子，觉得哪个也不对头。于是我既没用名，也没用姓，与他说话时就以“你”相称，而对罗伯特提起他时，就叫他“霍华德 · 菲茨西蒙斯”，而且这样讲时还在心里非常直观地把他的名字用引号括起来，就是觉得他这名字比较可笑。总之事情不尽如人意。

想对罗伯特讲讲我在伦敦的经历（当然不会提到意大利艺术展），但是这时室内的阿拉丁油灯爆火了，谈话就未能继续。随后我就发现有太多的事务要处理——回复妇女协会关于月会的信函，更换卧室里被打坏的玻璃杯（肯定是埃塞尔干的），查找浆洗过的衣物中丢失的一件睡衣、两张桌布，对霍华德 · 菲茨进一步说明他的职责。（备忘：一定要清楚地向他指出，他接受吩咐时的正确应答不是什么“好——嘞！”当然眼下还不知道应该如何向他提出此事，但是必须想出办法，而且与他谈话时态度应坚决、措辞要明确。）

罗伯特比较耐心地听我讲述在伦敦的情形。但他似乎

HOWARD FITZSIMMONS.

霍华德 · 菲茨西蒙斯

只是对我在伦敦与芭芭拉·布伦金索普交游这事感兴趣。他说，这个人你在镇子上不是每天都可以见到？我其实更希望他留意我对戏剧《九点到六点》的看法（这是我很久以来看过的最好的剧目），抑或是我如何观察到近些年来伦敦的交通日益拥挤。我小心翼翼地以挤牙膏的方式对罗伯特透露出我在伦敦购买了些衣服。他问道，你打算什么时候穿？我说，这个说不准（事情确实如此），然后这段谈话就自然结束了。我松了一口气。

给弟媳安吉拉写了一封长信，以漫不经心的口气告诉她，我在伦敦结识了露丝的那些精英朋友。

3月27日 安吉拉回信了。她忽略不提我在伦敦与精英人士交往这事，而是仔细询问我对意大利艺术展有何观感。她说，她跟威廉专程前往伦敦欣赏了这个展览。我只想说——当然没有真说——你是揪着威廉的头发拖着他去的吧。

3月28日 阅读《时代与潮流》杂志里的一篇文章，有关萧伯纳和他的女人们，文字极好，内容却让人沮丧。我再次认识到，高智商的女人为她们姐妹们服务的最好方式就是讲出她们生活的真相，不管这个过程是多么痛苦。另一方面，我又觉得自己不喜欢读到女人被抛弃这样悲惨

的故事。那篇文章的最后一段困扰我最甚，因为它让我想到，如果有意外事情发生的话，罗宾和维姬会是怎样的可怜无助。自己过去就有这个疑问，那就是，成为母亲这事是不是一个错误。现在我想说，是。

我于是陷入一段虚妄的思索：如果这世界上没有母亲，会有怎样的替代方式？这时突然意识到应该去客房一趟，看看菲茨把房间收拾得怎样了。到了那里，看到的情形让我非常恼怒——菲茨坐在房间的扶手椅里，双脚高高地架在窗台上。他的这个无礼行为让我吃惊，他还若无其事，只是说他感到“有些不舒服”。我气急败坏地说：“去你的房间，这样在那里！”事后意识到，自己着急时心拙口笨，就当时说的那句话而言，语法有改进的余地。

4月2日　芭芭拉·布伦金索普来访。她问道，我可以跟你说几句私密话吗。我马上说，当然可以，绝对没有问题，这么说着我就随手把海伦·韦尔斯和它的猫崽子都从窗户扔了出去，用以表示我们确实有个可靠的私密空间。我坐在那里，心里很兴奋，觉得最起码她也要向我透露她已经订婚了。我掩饰住自己的这个想法，脸上只表现出严肃和同情。芭芭拉说，人有的时候很难确定自己的职责究竟是什么，但她个人一直认为，女人的天职是建立和照料家庭，而一个好男人的爱就是生活王冠上至为宝贵的明珠。

我说，是的，是的，这些我都同意。（事后我想了想，她说的这些话我一丁点儿都不同意。我为自己的口是心非感到震惊。）

芭芭拉花了挺长时间说东道西，然后才承认，克罗斯比·卡拉瑟斯先生已经问她是否可以嫁给他，这事发生在动物园里。克罗斯比问她，是否可以做他的妻子，并与他一起迁居喜马拉雅山。芭芭拉说，问题就在这里。她觉得自己是个传统女子，愿意恪尽妻子的职责——是的是的，快说要紧的——但是她能够把自己年迈的母亲抛在身后，丢下她一个人不管吗？不能，她不能。但在另一方面，她能够放弃可爱的克罗斯比吗？他在此之前从未爱过一个女人，今后也不会再爱另外任何一个女人。不能，她也不能。

芭芭拉抽泣起来。我吻了她一下，以示安慰。偏巧在这个时候，霍华德·菲茨西蒙斯进来上茶。我又坐回自己的位置，有点儿手足无措，于是说起教堂花园的水仙已经开了，比我们家的早。这时芭芭拉已经在评论最近波德莫尔一案的判决。我们在这些话题之间盘桓往复，而霍华德·菲茨西蒙斯就在那里慢条斯理地摆盘子放碗。经过这么一番折腾，温馨的谈话气氛已经被毁掉了，尤其是我还不得不问芭芭拉要不要往茶里放糖加奶，喜欢多少面包黄油，如此等等。（备忘：要跟厨娘讲，不要只上这么一小块松糕；我清楚地记得，这松糕第一次亮相至少是十天以前了。

"HE DID IT, SHE SAYS, AT THE ZOO."

她说，他求婚了，在动物园里。

另外，为什么坚持不懈地搞出这么多食而无味的岩皮饼？）

罗伯特走了进来，讨论了一阵子猪瘟病。在这种情况下，我再想维持什么私密气氛也不可能了。芭芭拉喝完茶之后马上告辞，只是在出门前问我是否可以再去看看她的母亲，与她稍微谈一下。我有点儿不情愿接受她这请托，但还是答应了下来。芭芭拉骑着她的自行车离开了。罗伯特说，这姑娘有礼貌，挺文雅，怎么脚踝那么粗。

4月4日 我去探访布伦金索普太太。她还是裹在披肩里，但是身边的书已由《比肯斯菲尔德爵士大传》换成了《弗劳德与卡莱尔》。她说，我去看她这样一个老太太，她很欣慰。她有时非常惊讶，为什么会有这么多的年轻人本能地想到去找她。也许是因为她虽然年纪大，已有了这么多的灰发和皱褶，但心里还比较年轻，哈哈哈。所以，她接着说，她总是能够看到乌云的闪亮银边，这真得感谢上帝的仁慈。我耐心地等她说完这些话，迂回曲折地谈起了芭芭拉。布伦金索普太太立即说，年轻人嘛，总是心肠硬一点儿，比较自私。这很自然，不过有时这也还是让她伤感。当然这倒不是为了她自己的缘故，不是的不是的，而是因为，将来芭芭拉肯定会感到悔恨和自责，但到那时就已经太晚了。

我很想向她指出，这种心态可不算是看到了乌云的银边，但我抑制了这个冲动。接下来布伦金索普太太讲到她自己，主要有以下几点：(a) 她还能与我们在一起的年头不多了；(b) 她毕生都为别人服务，这个不需多说，因为服务是她的天性；(c) 她只想看到芭芭拉有个幸福未来，至于她本人年迈孤单、无人照看，这都不重要，不值得担心。最后她说，她自己从来不考虑个人的利益或感受，那不是她的本性。许多人都对她说过，他们觉得她就没有“自我”这个概念，完全没有。

谈话在这里停顿下来。我不接话，不想填补这个空白。

然后话题又转回到芭芭拉。布伦金索普太太说，一个年轻人完全沉浸在自己的世界里，一点儿都不奇怪，这很正常。这时，我觉得我与布伦金索普太太的谈话没有任何进展，于是就直截了当地提起了克罗斯比·卡拉瑟斯这个名字。布伦金索普太太当时就震惊了。她仰靠在椅背上，开始大口喘气，脸色变得灰黄。她说，很抱歉，自己这样子看上去有点儿荒谬，但她已经好几个晚上没有睡觉了，现在有些撑不住，请原谅。我原谅了她，随即告辞了。

这谈话非常非常不尽如人意。

在回家的路上，十字钥匙旅店的S太太对我说，有一位先生住在她那里，自称跟布伦金索普小姐订婚了，但是女士家里的老太太不同意这桩婚事。S太太说，这人看上去倒像是个好好先生，只是年纪比一般年轻人大了一些。S

太太又问，你觉得喜马拉雅山那里再添一个孩子，不会有什么问题吧。与 S 太太聊这事聊了好久，直到突然想起自己曾经答应芭芭拉，要为此事保守秘密。况且，即使没有承诺，议论别人的私事也不是高尚行为。

刚回到家，法国小姐就过来打听布伦金索普小姐有没有可能马上结婚，布伦金索普太太目前态度如何。她感叹地说："Le coeur d'une mère." ["可怜的母亲。"] 小小的维姬也突然问道，住在十字钥匙旅店的那位先生是布伦金索普小姐的*真爱*吗？听到这话，法国小姐惊叫道："Ah, mon Dieu, ces enfants anglais!" ["天呐，现在英国的这些孩子！"] 她对维姬言辞不当表示气愤。

甚至于罗伯特也好奇起来，询问大家都在*闹些什么*。我向他解释了事情的原委。他简洁地说，应该枪毙布伦金索普太太。话说成这样也就没法再谈了，不过他的这个意见我倒是赞同。

4 月 10 日　整个教区都因为布伦金索普*情爱*事件骚动起来。老迈的布伦金索普太太病倒了，躺倒在床上。芭芭拉疯狂地骑着自行车在镇子的街上来回穿梭，奔走于她母亲和十字钥匙旅店的花园之间。有人报告，卡先生在那小花园里阅读，看的是《印度时报》，不时吸着小雪茄烟。芭芭拉问过了许多人，*她应该怎么办*，大家提供的建议也不

尽相同。事情好像陷入了僵局。突然，卡先生宣布他有要事被召往伦敦，与芭芭拉的事情究竟如何，必须马上给他一个答复。

本来布伦金索普太太的身体状况似乎有所好转，她甚至开始喝些波特酒，但在听到卡拉瑟斯先生的最后通牒之后，她立马又病倒了。她说她来日有限，不会再妨碍亲爱的芭芭拉的幸福生活。

事情到了可怕的紧要关头。在十字钥匙旅店的前客厅里，芭芭拉与克罗斯比·卡拉瑟斯先生彼此道别。芭芭拉后来哭着对我说，他们两人就此永别了，对她来说，生活业已结束，你（也就是我）是否可以接手今天晚上的女童子军会议。我答应了。

4月12日　罗宾回家来度假。他又感冒了，身边还是没有手帕。我给学校的女舍监写了一封信，虽然并不指望会收到手帕，也不指望她会给以什么合理解释。罗宾说，他邀请了一个男孩到我们家住一个星期。我问，这孩子挺好的？是你的亲近朋友？不是，事实上他是学校里人缘最差的一个。停顿了一下，罗宾又说，这也就是为什么我要请他过来。听了此话，我不得不说自己对那男孩的品性有些担心，但罗宾的行为还是让我感动，觉得他表现出一种仁慈的胸怀。我对法国小姐讲了此事，她回答说——

无论何时，我只要对罗宾有所夸奖，她就是这个反应——“Madame, notre petite Vicky n'a pas de défauts.”［“太太，我们的小维姬很完美啊。”］

收到玛丽·K寄来的一张明信片：听说芭芭拉·布伦金索普订婚了，是真的吗？鲍克斯夫人也向我询问此事。她到本郡某处参加一个什么公爵举办的活动，路过我们这里，进来看一下。我很高兴这次我是内幕知情人，有故事给她讲。不过，还没等我开口，鲍夫人就自己说，她向来建议女孩子能结婚就结婚，不管那男人好歹如何，因为有个丈夫总比没有丈夫强，而且现在也真是没有多少适婚男人让大家挑来拣去。

我看到自己的机会，不失时机地提起我在伦敦结识了露丝的一些朋友，她们都是进步的女权主义者，并刻意让鲍克斯夫人知道我与这些朋友接触密切，仔细讨论了女权运动的有关问题。鲍夫人摆了摆手（她手上戴着非常雅致的白手套，是新的，不是清洗过的），她说，听上去不错，不过，如果这些人有丈夫的话，她们也就不会成为女权主义者。我马上强调说，这些人里面，除了两三个之外，其他人都有丈夫。其实我也不知道这是否属实，但就在那里跟鲍克斯夫人交谈的时候，我杀人的心思都有，所以讲话也就没有那么严谨。压断骆驼脊梁的最后一根稻草终于来了——鲍夫人和蔼可亲地说，起码我不应该有什么抱怨，因为她一直觉得罗伯特是个非常安全、非常可敬的丈夫，他跟任何女人生活都不会有问题。对此，我不能不有所表示。我比较激动地对鲍夫人说，罗伯特实际上是个恐怖的怪物，集几种变态人格于一身——唐·璜，情色作家萨德侯爵，外加杀人狂克利平医生，只不过这些事情我们从来不对当地的乡下佬叙说而已。不知道鲍夫人对我的回答作何感想，她只是说她真该上路了，因为，“如果她不在场”，那个公爵家的活动就不能进行。对此我能想到的回复就是，我所见到的公爵夫人们（其实我一个公爵夫人也不认得）总是让我想起《爱丽丝梦游仙境》里的有趣场景，白手套，白兔子。鲍克斯夫人说，哈哈，你总是这样博览群书，然后她的汽车就载着她离开了。像往常一样，我没能说上最后一句反驳的话。

我的脑海里浮现出一个欢快愉悦的景象：英国皇家人士造访本地，罗伯特和我被荣耀地选中作为东道主，在家里招待贵宾、共进午餐。（很难把霍华德·菲茨融合进这个场景，于是把他排除在这盛典之外。）罗伯特被封为爵士，为此举办大型晚会，活动中我排在鲍克斯夫人前面先行入场。我朝鲍夫人谦和地略一点头，漫步轻盈，这时维姬走进来说，磨刀师傅在家门口招揽生意呢，如果我们没有刀剪要磨，他也可以为我们擦拭钟表或是锔铆摔破了的瓷器。

我走了出去，看到一个盲流一样的吉普赛式人物，在我家后门摆开了摊子，他和他的机器周围堆了一圈五花八门的日常家用什物。更让我心烦的是，法国小姐正站在那里，与磨刀人愉快交谈。她发出阵阵轻浮的高卢式欢笑，两只手还各端着一个极为不雅的什么打破了的卧室器具…… 她，维姬，还有那磨刀人，都在那里“嘿嘿嘿”地笑成一团。我懒得干涉他们，转身回到家中，心中唯一感到欣慰的就是鲍克斯夫人刚刚离开了，没有看到眼下这一幕。我非常担忧，不知维姬这是带着什么品位的幽默感长大成人。

在家里没有看到罗宾，找了一阵子，在被单橱柜里发现了他。橱柜门关着，他和家猫蜷缩在里面，在那里吃奶酪，说是他在后面楼梯上捡到的。

(真是够讽刺，我最近刚刚当选本地少儿监护委员会的委员。作为这委员会的委员，我的职责包括造访少儿劳教所等地方，考察那里孩子们的情况，以便就少儿卫生和福利提出我宝贵的建议…… 现在我只希望，委员会的其他成员不要想到把我们家作为检查对象。)

写信。总是被打搅。大猫海伦 · 韦尔斯嚎着要出去，小猫们嚷着要进来。亲爱的罗宾，他在所有的家具上爬来爬去，显然他闲得无聊，不知道自己在做什么。他一边上下折腾，一边大声而详尽地给我讲故事，说的是《瑞士家庭鲁宾逊》。

4月14日　厨娘给我透露了一个消息，让我激动起来：你听说了吗，芭芭拉·布伦金索普与卡拉瑟斯先生的婚约又复活了。厨娘说，卡拉瑟斯先生乘坐早晨8点45分的火车来到本镇，还是下榻在十字钥匙旅店。厨娘跟我说这事的时候，时间不过9点15，我就问她，你怎么了解到此事？厨娘只是说，这事现在镇子里的人全都知道，大家觉得，芭芭拉小姐也还不至于申请坎特伯雷大主教的婚姻特许，但年迈的布伦金索普太太的身体状况已经再度恶化，比以往任何时候都更加糟糕了。不知不觉我与厨娘就此事聊了四十分钟，直到我突然再次意识到，议论别人的私事既不道德，也没有品位。

我戴上帽子，准备去造访布伦金索普母女，这时我们教区牧师的夫人急急忙忙走了进来。你听到的传言都是真的，牧师夫人说，而且还不止如此。克罗斯比·卡拉瑟斯上次离开镇子后就陷入了绝望的状态，威胁说他要自杀。他给芭芭拉写了一封告别信，芭芭拉读了这封诀别信，泪飞如雨，把自己哭成了一摊泥浆（这是牧师夫人的形容）。芭芭拉联络了卡拉瑟斯先生，恳请他马上过来。随后有人召集了一个布伦金索普家事协商会议，讨论解决办法。年迈的布伦金索普太太的身体状况再度恶化（虽然没人能说明究竟怎么恶化），但她终于同意可以重新考虑对芭芭拉婚约的态度。牧师先生已被请到了布伦金索普家里，以便为所有的当事人提供公正的建议以及精神上的抚慰。现在牧师先生就在布伦金索普她们那边呢。那么，我急切地问道，牧师先生肯定是要利用他的影响力，为芭芭拉和卡拉瑟斯先生说话吧？那是当然，牧师夫人也颇为激动地回答说，牧师先生认为年轻人应该有自己的生活，虽然他承认一个母亲的愿望是神圣的，也绝对能够认识到自我牺牲是多么美好的品德，但在另一方面，他比任何人都清楚，一个适婚男人的求婚，那可不能轻易拒绝。

虽然牧师夫人这样说，我还是觉得牧师先生的态度不够鲜明，如果他的贡献就是这些，他还不如老实待在家里，不要牵涉到这件事里去。当然我没有向牧师夫人说出自己的想法。我和牧师太太两人决定到镇子上去看看。我们从屋里出来，走到院子里，家里年迈的老花匠迎过来对我说，太太，你也许想知道，芭芭拉小姐的意中人又回到镇子上了，那先生下个月要航海出国，所以他想在此之前与芭芭拉完婚，因为这个，布伦金索普太太的健康状况又恶化了，大家都说她可能会爆发心脏病。

走在镇子里的街上，起码又有六拨人向我们通告类似的消息。我们来到布伦金索普家附近，看到住宅外面停着三辆汽车、两辆自行车，但是没有人出来。我于是建议牧师夫人先到我家吃午饭。牧师夫人推辞了许多次，然后同意了。我们吃了马铃薯肉饼（洋葱太多）、米面点心和炖梅干。如果事先知道有客人的话，应该派人到农场去买新鲜奶油。

4月15日　听说年迈的布伦金索普太太终于回心转意，表示赞同芭芭拉的婚事。布伦金索普家族里一个岁数颇大的未婚女子，人称“莫德表姐”，突然来到镇上，表示愿意与布伦金索普太太同住。这时我们的牧师挺身而出，勇敢地支持这一方案。克罗斯比·卡拉瑟斯先生送给芭芭拉一个戒指，上面镶有三颗宝石，据说都是少见的印度黄宝石。现在卡拉瑟斯先生已经进城去做相关安排。预期《晨报》马上就会登出有关公告。

4月18日　芭芭拉前来访问，她请求我陪她到伦敦去一趟，她和卡拉瑟斯先生要在那里举行一个简单快捷的婚礼。可惜，我只能婉拒，因为罗宾和维姬都有感冒在身，而家里又有新雇的佣人，事态还不稳定。再说我的经济状况依然不尽如人意。芭芭拉转而向牧师夫人求助，牧师夫人立即同意了。芭芭拉又急切地请求我，有空时常去探望她的母亲。她说，你可不可以对我母亲讲，她并没有失去一个女儿，而是得到了一个儿子；两年的时间非常短暂，在那之后克罗斯比会带着芭芭拉回到英格兰来。我头脑有些发热，轻率地答应了芭芭拉的请求。我随后致函陆海军百

货商店，订购了一个午餐篮子，送给芭芭拉作为结婚礼物。女童子军向芭芭拉献上了一个糖罐和一个带有酒椰装饰的废纸篓。鲍克斯夫人赠送了个火锅，礼品上附有一张字迹潦草难辨的贺卡，讲的是个不着边际的笑话，好像跟印度咖喱有关。我们大家都同意，鲍夫人的这个举动一点儿都不好笑。在法国小姐的指点下，维姬送给芭芭拉一张盘垫，上面绣有两个爱心。

4月19日 家里的两个孩子同时染上了发病几率很小的"红眼病"。遇到我的人异口同声地对我说，这个病基本上只在伦敦东区那种贫民窟才有，因为那里的孩子缺乏照看，营养不良。

维姬发高烧，躺在床上。罗宾还挺着，但是我告诉他不要出去，等眼下的冷风天气过去再说。法国小姐在育童室给维姬读 *Les Mémoires d'un Ane* [《一个叫驴的回忆录》]，我则在楼下照看罗宾。罗宾说他有一个好玩的主意：我弹钢琴，他同时放响留声机、音乐盒，还有闹钟。

我说这不行。

罗宾极力恳求，说那样搞起来就跟交响乐一样。（这让我想起女爵士埃塞尔·史密斯，知名作曲家，她的传记我最近才看过！）我不情愿地答应了罗宾的祈求，振作精神，在钢琴上演奏起C大调《百老汇的歌声》。罗宾兴致勃勃，定好了钟表，在留声机上放响《菜园子里的折腾》，又给音乐盒上足了弦，让它唱起音乐剧《弗罗里多拉》里的咏叹调，那声音尖细破碎，荒腔走板。所有的“乐器”现在都在鸣响，罗宾跳来跳去，高声呼叫。我同情地看着他，又应他的要求，用脚狠狠地踩下钢琴的强音踏板。

我们喧嚣的演奏正在进行，霍华德·菲茨突然推门而入，带来了客人。走进来的是鲍克斯夫人，她身穿崭新的绿色毛领、卡沙细哔叽外套，头戴与衣服搭配合适的帽子，在她身后还跟着一位看上去像是军官的男人。

我不想回忆接下来几分钟的情形。我努力以优雅的姿态欢迎鲍克斯夫人及其军界朋友，简单而又不失身份地向他们解释刚才那荒诞的一幕。我同时暗示罗宾，让他赶紧关掉音乐盒与留声机，自己回到楼上去，带着他那猩红的眼睛。座钟的奏鸣总算停了下来，但音乐盒拒绝退场，罗宾与它顽强搏斗，在他成功之前，《菜园子里的折腾》这乐曲响彻整个住宅，天知道有多久……（如果演奏的曲子是我收藏的《古典集萃》，甚至是美国流行的莱顿与约翰斯通钢琴二重奏，我都不会那么在意。）

罗宾准备到楼上去，但为时已晚，鲍克斯夫人已经发现了他眼睛的特别之处。鲍夫人打量了他的病状，评论说，看上去像是麻疹。她的军人模样的朋友善解人意地避开了鲍克斯夫人与罗宾的对话，装作正在浏览书架上的书籍。

等到罗宾离开房间之后，这先生才转过身来，言语轻快地评论了一下庸俗畅销小说《“斗牛犬”德拉蒙德历险记》。

鲍克斯夫人马上对他朋友说，你不要对她讲这类事情，她可是具有极佳的文学眼光。听了这话之后，军人模样的朋友以一种难以掩饰的惊异眼光看看我，此后便不再试图与我攀谈。还好，这两位客人不久就告辞了。

我到楼上看望维姬。她的病情似乎更重了一些，我于是打电话给医生。法国小姐在给维姬讲述一个极为悲惨的故事，事情发生在她自己的法兰西故乡。有一家人非常奇怪地染上了天花病毒——所有的早期症状都与维姬眼下的情况相仿——后来知道病源是家里的那块东方地毯，那是 le papa［爸爸］在马赛港从一个游走商贩手中买下的。当她讲到那家里的六个月大的婴儿如何死去的时候，我制止了她，不让她再讲下去，因为我可以想象得到，那家里的另外五个孩子也将是这个命运，只是死去的情形更加凄惨。

4月20日　维姬真的出了疹子。医生说，罗宾身上很快也要发作。这肯定是孩子们访问格特鲁德姑姑时被传染的。我会写信告诉她。

家政变得混乱不堪，如同梦魇。我在楼上给维姬制作柠檬水，给她讲弗雷德里克野餐的故事，又到楼下用硼酸制剂为罗宾清洗猩红的眼睛，还为他朗读《珊瑚岛》。

法国小姐 dévouée [恪尽职守]，坚持只有她自己才可以睡在维姬的房间里。不过让人难以理解的是，她为什么非要不分白天黑夜都穿着 peignoir [浴袍] 和 pantoufles [拖鞋]。她还不断地向我推荐各种 tisanes [偏方]，并自告奋勇地说她可以把花草熬制成药。幸好我们花园里没有她所需要的药草。

罗伯特在这次危机中没有像我期望的那样提供足够帮助。他还是平常那个态度，觉得我们都在为一些微不足道的事情大惊小怪，我们所做的一切都是专门给他增加不便（事实上，他一整天都待在外面，还坚持晚上家里要准时开饭。）

维姬表现极佳，真是个好孩子。罗宾通常还可以，但他不时惹菲茨生气，常把一些橡皮泥、染料水甚至是墨水涂抹在家具上。我有点儿不愿像往日一样严格调教罗宾，因为心里一直都在猜测他是不是马上就要出痘了。决定采取一种放松的乐观主义态度，保持理智。

天气寒冷，还时常下雨，而家里的壁炉都点不起火，更是让气氛显得忧郁和悲伤。说不好为什么，我自己也觉得身体疲倦，无精打采。

4 月 25 日　维姬逐渐康复了，罗宾似乎没有出疹子的迹象。我自己感到寒气逼人，奇怪而又令人不快地阵阵颤抖。大概是过于劳累了。

霍华德·菲茨西蒙斯辞职了，这也在大家意料之中。我找到了一个可以短期服务的女侍，人很不错，但是按周支付薪水，价格不菲。

4月27日　全身寒战不断，我只好在床上躺了半天。罗伯特面色忧郁地说，你可能要出疹子。这不可能，我要向他证明，这绝对不可能。午饭之后我到外面草地上与罗宾打板球。午茶之后我陪维姬玩耍。维姬一定要玩大力神赫克的十二道考验这个游戏，我们于是竭尽全力地表演一系列神迹：猎杀九头蛇，清扫奥革阿斯王的肮脏牛圈，等等。维姬对古典文化表现出强烈的兴趣，这让我甚感欣慰，只是那些激烈夸张的动作有点儿超出我的承受能力。

5月7日　日记停写了好些天，现在终于可以继续。过去一段时间里自己的日子非常悲惨。先是身上的寒战好像消失了，然后又重新爆发，随后情况急转直下，终于被确认得了麻疹。罗宾当天也开始咳嗽。医院护士来了，收费颇高，负责照料我们几个人。护士态度不错，也很有效率，在我和孩子们之间传递消息，还送过来一幅罗宾创作的现实主义绘画，题目叫作“细菌吃掉染病的人”。

（问题：也许亲爱的罗宾将来会是个漫画家，可以比肩希思·罗宾逊或者亚瑟·瓦茨？）

在此之后，事情就混沌一团了。能回想起来的一件事就是，大夫在那里说：当然，她的年纪对病情不利。虽然当时我浑浑噩噩，这句话还是深深地伤害了我，让我觉得像是年迈的布伦金索普太太。好在几天之后，我克服了年事已高这个不利因素，喝了些香槟，吃了些葡萄，还服用了瓦伦丁秘方肉汁汤。

很想问问所有这些花销都是什么价位，但觉得那样有失仪礼。

我吃惊地看到，孩子们很快又能蹦蹦跳跳了，得到允许到我的房间来看我。他们在床上装作黑豹玩耍，闹出不小动静，直到护士把他们叫走。罗宾为我朗读《时代与潮流》里的一篇文章，因为跟那文章的作者一样，罗宾也觉得自己很难优雅地接受别人的赞美。他问我：你会怎么做，如果你同时受到许多表彰，是否会不知所措？我只好承认，这很难说，因为我还从来不曾面临那样一个难题。听了这个回答，罗宾有点儿吃惊，也有些失望。

罗伯特、护士跟我一起商量了一下，决定由护士带孩子们去布德那个海滨小城住上两个星期，法国小姐可以自己休假，消除这段时间的疲劳。待我自己身体好些之后，就到布德与孩子们会合。

罗伯特出去宣布我们的计划。但他很快就折了回来，带着不幸的消息——法国小姐 blessée［感情受伤］。他越是让她解释为什么，她越是语不成句。她也不让我去看她，或是写纸条给她。维姬报告说，法国小姐帮她洗浴时掉了眼泪，说英国人的心都是石头做的。

5月12日 疾病对我的折磨还没有结束，这次是眼睛有了麻烦。（不必说，这又与我的年纪有关。）护士带着孩子们在9日出发了，我无所事事，两眼昏花，独自度过一段黯淡时光。躺了一阵子之后，我从床上爬起来，在住宅里摸索巡行。房子里就像神圣的大教堂一样半明半暗，我脸上的巨大的茶色眼镜更是让周围的一切显得灰暗沉重，这唯一的好处就是我看不清自己的模样。两天前，我曾挣扎着来到楼下准备喝茶，意外看到一大堆账单，上面好像都是些庞大的数字。那些账单就那么摊开着放在走廊里的桌子上，连个遮挡也没有。我当时就觉得自己病情恶化，颤巍巍地爬上楼梯，到房间里重新躺下。

（备忘：眼下的情形与小说中的描绘完全不一样。在诗情画意的文学作品里，女主人公久病初愈，会欢欣地看到灿烂的阳光，春天的花蕊，如此等等，就没人提到过账单这类东西。）

非常想念孩子们。现在与我作伴的就是一只猫。这是一只被咬得挺惨的猫，只有三条半腿，但它声名显赫，据说一晚上可以抓到并吃掉三只兔子。这只猫与我基本上能够和平相处，但是只要我一弹钢琴，它就哀嚎不止，要我把它放到屋外去。我必须承认，猫是对的，因为我几乎忘记了全部自己曾经熟悉的曲目，现在只能试着弹奏些自己时而听到的流行歌曲。无怪乎那猫烦躁不安。

亲爱的芭芭拉送来一本《滑稽打油诗》。罗伯特对我说，等我看了之后一定会喜欢。但我怀疑眼下的这种日子自己还能坚持多久。

5月13日　罗伯特向我转述了一条消息，给我昏暗的日子带来了可叹而又可乐的一线阳光。他说，布伦金索普家的莫德表姐拥有一辆微型汽车，“奥斯汀娃娃”。她常常开着这辆小车在教区的各个地方跑来跑去，身边坐着年迈的布伦金索普太太，仍然裹在她的大披肩里。（此前多少年了，布伦金索普太太一直让大家相信，如果她在房间里稍微走动一下而无人搀扶，她肯定就会跌倒摔死。）

罗伯特补充说，莫德表姐看上去不是一个好司机。罗伯特没有详细解释这一点，但我的脑海里马上浮现出戏剧性的场面：莫德表姐开着奥斯汀娃娃冲进一个小巷，朝着一辆压路机撞去，年迈的布伦金索普太太惊恐地跳车逃命，飞身越过一道树篱笆，她的大披肩在风中高高飘舞。这个情景让我好笑一阵子，心里感觉舒服了许多。

医生过来看我。他说，他觉得我的眼睫毛还能再长出来——（我希望他能有个更加肯定的说法，但没有再问，因为害怕他又说起我的年纪如何如何）。不过医生同意我下星期可以前往布德，与孩子们在一起。他又有些犹疑不决地说，如果我的眼睛已经不痛，每天可以看东西一个小时。

5月15日 教区牧师的夫人听说我已被解除隔离，过来给我些鼓励。我非常热烈地欢迎她的到来，这让她露出一丝吃惊的表情。我有些内疚地想，看来我平常不是这样对待她的来访。我试图对此做些解释（要是再策略一点儿就好了），跟她说我一个人孤单太久了……罗伯特整天都在外面……孩子们在布德……最后又引用了一个诗人的句子来演绎自己的说明——“许久不曾聆听朋友的话语、那甜蜜的音乐，我开始在心里默默唱歌。”从牧师夫人脸上迷茫的表情来看，她不知道那是一句引言。她大概在想，这人是不是被麻疹烧坏了脑筋？（问题：也许牧师夫人是对的？）后来谈话的气氛就跟往常一样了，特别是当牧师夫人要求把那只面相凶狠的猫放到室外去。她说，她知道这听上去有点儿愚蠢，但是猫在身边总是让她感到胆怯脚软。她的奶奶就是这样，她说。你把只猫放进老太太的房间里，比如藏在沙发底下，不出两分钟，老太太就会说，屋子里有只猫，然后她就有点儿要昏厥过去的样子。听她这样说，我直接把那猫从窗户扔了出去。并且，我们两人一致同意，

遗传这事儿确实比较奇妙。

那么，牧师夫人问，你现在感觉怎样？还没等我回答，她就说，我能想象得到你的感觉：浑身乏力，劲头还不如一只老鼠大，脚下好像踩了棉花；脊梁骨头完全不存在，脑筋像只煮熟了的猫头鹰。听了她的诊断，我好生沮丧，觉得她说的挺对，身子也愈发虚弱。不过，牧师太太又说，你别担心，在布德吹吹海风，一切就都不一样了。她接着说，在你出去之前，我得给你讲讲镇子里最近的新闻。

她就讲了起来。

真是难以置信，只不过四个星期的时间，教区里有那么多的人结了婚，生了孩子，或者死掉了。W 太太辞退了家里的厨师，但是找不到接班的。我们的牧师先生致函报纸，直指当地下水道有问题，这信已经刊登了。有人看到鲍克斯夫人坐在一辆新车里。对此，我们的牧师夫人评论道：我就想说，她何不买架飞机？（确实，何不？）

镇公所会堂修建筹款委员会终于开了一次会——与会人士都很思念你，牧师夫人追加说——大家决定举办一个花园义卖会。如果这聚会能在你这里举行，牧师夫人满怀期望地说，那就非常美满了。我非常赞赏牧师夫人关于“非常美满”的说法，努力在心里压抑自己对于罗伯特可能反对的担心。不管怎样，罗伯特知道，我自己知道，牧师夫人也知道，那聚会只能在我们这里举行，因为没有其他更加合适的地方了。

厨娘进来上茶。家里颇为出色的临时客厅女侍下午放假，所以此事由厨娘代劳。如同往常一样，厨娘又是怎么省事怎么做，她端来的盘子上站着彼此对立而且也不是势均力敌的两个派别——三块松糕和一个面包。牧师夫人与我又继续讨论了其他一些事情——芭芭拉和克罗斯比·卡拉瑟斯的婚事，蜜蜂的饲养，现代青年的做派，还有从地毯上清除油污的困难。牧师夫人问，你读过《无人区里的军官》这部小说吗？我说，没有，还没有。那你千万别读，牧师夫人说。生活里已经有了这么多可悲可叹的苦难，为什么还要看这种书。作家们实在应该只表现光明、幸福和美丽。《无人区里的军官》这本书的作者在这方面是完全失败了。后来我发现，牧师夫人并没有读过那本书，是她的丈夫牧师先生把这书很快地浏览了一遍，结论是这本书满篇痛苦，完全没有存在的必要。（备忘：应该把《无人区里的军官》添加到《泰晤士报》读书俱乐部的阅读书目上，如果其他人还没有这样做的话。）

牧师夫人突然发现已经6点钟了。她颇为吃惊地说，时间过得这么快。她似乎离开了，但很快又转了回来，非常认真地向我推荐瓦伦丁秘方肉汁。上帝保佑，这肉汁曾经拯救了牧师先生叔父的生命。牧师夫人向我仔细描述了牧师叔父如何染病，如何康复，如何最终死在八十一岁高龄那一年。她既然说起这个话题，我怎么能不告诉她贝马克斯麦芽粥的神奇功用，玛丽·凯尔韦的小孩能够起死回生，基本靠的就是它。从这里我们的谈话又转到了安东尼·特罗洛普的小说、印度什么地方博帕尔公主的死亡、英格兰湖滨区的优美景观。

差二十分钟7点，牧师夫人又吃惊地说，不得了，太晚了，太晚了。她急急忙忙地冲了出去，在门口碰到了正从外面归来的罗伯特。牧师夫人站住脚，告诉罗伯特，他的妻子太瘦了，瘦得像个钉耙，而且面色极差，还患有眼病，人出了疹子之后，可不就是眼睛出毛病。罗伯特好像对她所说的事情完全不置可否，我们的牧师夫人终于告辞回去了。

（问题来了：较之滔滔不绝地说个不停，是不是有时保持静默更有效用？好像是的。自己应该经常记得这一点。）

下午到达的邮件里有一封法国小姐的来信，她在克拉克顿海滨的朋友那里休养。她写信时好像是用了一根缝衣针作笔，蘸了粉色墨水，写在薄得不能再薄的信纸上。我费了很大劲才把信看完，总算知道我还是她的“Bienchère Madame”［“亲爱的夫人”］。显然她已原谅了我，不再计较不久前我对她的冒犯（虽然我仍不知道我怎么就冒犯了她）。

（备忘：如果厨娘再送果冻过来并坚持说那是有益于

病人的餐点，只要再有这么一次，我就把它直接退回厨房去。)

5月16日 如果不是怕孩子们失望，我就打算放弃到布德海滨休养了。空气冰冷，自己身体虚弱，好像还在发烧。而且本来法国小姐要与我同去布德，以便照顾孩子，可是她来信说，désolée [对不起]，她得了 une angine。我不清楚这是什么病，想到了可怕的心绞痛，但字典告诉我说，这也可能只是咽喉肿痛。我对罗伯特说："其实我在家里也可以养病。"罗伯特说："还是出去一下比较好。"看来他已拿定了主意。过了一小会儿，他又不是很自信地建议说，也许我可以邀请牧师夫人与我同去？我看了看他，没有回话，让他那无稽的建议自己跌落到地面上。

鲍克斯夫人来信，说她刚刚了解到我出了麻疹——(刚刚听说？我出痘的消息在本镇广泛流传，已经好几个星期了。)——她很担心，因为天花对我这个年纪的人来说比较危险——她不能过来探视，因为许多人来来往往不是很好，但是如果我需要她宅邸里的什么东西，可以随时致电，她会派人专程送来。我心里想，或许我应该打电话过去，索要一磅茶叶以及她的项链（不是有那个埃及艳后的先例吗？），看她如何回应。

又收到一些应付账单。厨娘送来的午饭又有果冻。我把果冻让给家猫海伦·韦尔斯，它吼了一声，气愤地转身走开。我觉得我有充分的理由把果冻送回厨房，但觉得厨娘可能因此辞职，那后果我承受不了。我饶有兴趣地注意到，虽然厨娘送来的果冻每次都让我食欲全无，但好像翠绿色的果冻最招人烦，黄色和红色的果冻就没有那么强烈的效果。我想琢磨一下这其中的弗洛伊德心理学原理，但发现自己身体过于虚弱，难以集中精力。

下午睡了一觉，醒来后精神好了一些。决定做件好久以来就想做的事情——检视自己的衣物。结果令人沮丧，不做此检视也许还好些。没有一件合适的衣服，如果现在我勉强穿上其中的任何一件，那效果就跟田地里的稻草人一样。决定找出一些衣服，寄给玛丽·凯尔韦，她在搞一个杂物拍卖，说是欢迎任何什么破烂。打进包里的衣物包括红色羊毛衫、两件比流行式样短了许多的晚会裙子、三顶老式帽子、膝盖处鼓鼓囊囊的粗花呢套装。发走了这些旧货，就考虑自己需要买些什么样的新衣服，并为此列出了一个清单。这事做得很愉快，心里高兴起来，直到又想起家里的那些要付的账目，于是就把购物清单烧掉了。

5月17日　罗伯特开车送我到北街火车站，从那里前往布德。天又降温了，我问罗伯特是不是已经结冰。罗伯特简单而又不够诚恳地回答说：天很快就会暖和起来了，

布德那边肯定是阳光灿烂。我们到了车站，来早了，在长椅上坐下等车。旁边有位年轻女士，冻得直咳嗽。她看看我说："天气糟糕透了，不是吗？"我只能说她把整个情况总结得非常之好。罗伯特把车票递给我——他此前曾慷慨提议给我买一等座席，但我拒绝了——他看着我，脸上是一种奇怪的表情。他终于开口说："你不会死在外边吧？"经他这么一说，我真感觉好像是这么回事。不过我在脸上挤出一个并不十分可信的笑容，轻松活泼地讲起一个主教的故事。那主教，他的名字我不记得了，专门到了一个地方，什么地方我也不记得了，就是为了把自己的遗骨埋在那里。罗伯特听不懂我在说些什么，我就登车上路了，留下他自己在那里猜度。此后的旅程寒冷而又让人疲惫。雨水一直击打着窗户，每次车厢的门一开，冰凉的风就忽地一下从外面冲进来，并且奇怪地兵分两路，由下而上钻进裤腿，由上而下扑进后领口。事先没有告诉孩子们我坐哪次列车过去，所以不会有人在车站迎接我。那边车站也没有公共汽车。不过后面这点倒让我略感欣慰，因为我可以心安理得地乘坐出租车。我在 2 点 45 分到达目的地，既不是喝茶时间，也不能睡觉，而这两件是我当时最想做的事情。不过维姬和罗宾疯狂一般地热烈欢迎我，两个人都像鲜花一样健康和开心，这对我不尽如人意的状况是个良好的补偿。

5月19日　我到达的当天，这边房东太太送过来的晚餐竟然是果冻。尽管如此，自己觉得康复有望。房间还算舒适，就是比较凉。房东太太说，往年这个季节很少有眼下的天气。房间里铺着油毡地毯，摆设着一些粉色和金色的瓷器。墙上挂着一些照片，其中的女人身着带花边领袖的衣裙，男士留着长髭并系着蝴蝶形领结。我以极高的费用把医院的护士留了下来，替代不能到这边来的法国小姐。罗宾和维姬都不怕冷，常常去防波堤上玩耍。维姬还结识了一些新朋友：有一只小狗，她说名字叫“娃娃”；有一个卖纸的先生；还有另外一个先生，经常开着一辆阳光牌轿车；再就是当地旅馆的侍者领班。我告诉维姬，法国小姐生病了，不能过来跟我们在一起。维姬稍微停了一下之后，漫不经心地说，“哦！”然后就继续讲小狗娃娃的趣事。我指望着罗宾会更有同情心，但他也只是说“是吗？”然后就开口要一个香蕉。

（备忘：也许自己可以写一本像《牙买加风云》那样的小说，以英国本土为背景，描写少年儿童的冷酷无情。）我清楚地回想起，在《时代与潮流》杂志上，人们曾经激烈争论《牙买加风云》对儿童的刻画是否真实。现在我是坚决而且永远地站在了小说作者的一边。我觉得维姬一个人就可以心狠手辣地谋杀好几个海员。

5月23日　今天下午天气突然暖和起来，孩子们立马

脱掉鞋子，跳进游泳池里。房东太太说，这里的气候常常就是这样。她还说，这是你在这里的最后一天了，怎么也该到海边去看看。我听从她的建议，快步行走，爬上了海边的悬崖。身上穿着厚重的花呢外套，到了山顶就感觉非常热了。晚上孩子们睡着之后，我收拾行李，又记下一条誓言：只要我还活着，就决不再吃什么炖梅干和蛋奶糊。满怀感激地给罗伯特写了明信片，通知他明天到家的时间。

5月28日　法国小姐也回到家里来了，孩子热烈地欢迎了她，这让我有点儿意外，也感到欣慰，看来罗宾和维姬并不像我所担心的，与牙买加儿童一样铁石心肠。法国小姐穿着崭新的黑白方格裙子和带有褶边的白色衬衫，手上是黑手套，上面绣有白花。她头上还戴着顶黑草帽，上面布满了紫罗兰花。小姐告诉我，这整套衣装都是她自己做的，总共只花了一英镑九先令另四个半便士。说起来，法国人确实比较节俭，针线功夫也比较好，但我还是觉得，如果小姐肯再多花一丁点儿钱，这衣装的效果就会好出许多。

法国小姐非常友好地给我带来了礼物，是两个螺旋形状的蓝色玻璃花瓶，上面点缀着许多金色小球。维姬收到一个丝绸绢花，好大一朵花，但她喜欢。罗宾的礼物是个小小的金属丝制成的器具，据法国小姐说，这器具可以用来去除樱桃核。

（备忘：很想知道这样的小玩意儿每年的销售额是多少。）

法国小姐的友情感动了我。我希望我们英国人也能在这方面多留心，处理好这样的细节，也就是法国人所谓的 petits soins［小小恩惠］。我把收到的花瓶摆放在饭厅壁炉台上一个比较显著的位置，罗伯特过来吃午饭时看到了，马上就要开口发表什么评论，幸亏我及时看到，阻止了他。

午饭后，罗伯特开车送罗宾回学校。我和法国小姐一起查看维姬的衣柜，发现维姬所有的衣服都已经太小了。

5月30日 最新一期的《时代与潮流》来了，我在征文竞赛中赢得了二等奖（当然，又是并列）。罗伯特的投稿被授予鼓励奖。一等奖的获得者使用了一个化名，但我猜到了那是我的朋友玛丽·凯尔韦。我认为自己应该为一个亲爱朋友的成功而感到高兴，但心里的真实感觉却并不如此。这个星期征文的形式是八行两韵诗，这种文学体裁我不喜欢，因为我实在不能熟练运用有关格律。

弗罗比舍夫妇打电话过来，邀请我们周日共进午餐。我接受了邀请。这倒不是因为我多么地想见到他们，而是觉得在家里的饮食总是千篇一律，烤牛肉、醋栗果馅饼，到外面换换口味总是好的。而且，出去就餐也能让家里佣人的活计轻松一点儿。（备忘：对自己做事的动机进行坦白而睿智的分析，总是能够揭发出一些真相，而且往往是令人不安的真相。）

一直记得曾经对芭芭拉做出的承诺，内心的良知让我决定前去探访年迈的布伦金索普太太。我从镇子里走过的时候，许多人关切地询问我疹子出得怎样。我感谢他们的关注，但也注意到，几乎所有的人都把这个极为严重的病症看作一桩好笑的事情。

到了布伦金索普住宅，首先就发现，屋子里的通风状况非常之好，这与过去大不相同，肯定是因为莫德表姐住在这里。所有的窗户都大开着，窗帘随风飘舞。布伦金索普太太也没裹那么多披肩，而是坐在一个敞开着的窗户旁，离一扇大开着的门也不远。她的脸色有一点儿苍白，还有一点儿发青，身体好像有点儿颤抖。整个住处有一种很明显的味道，闻上去像是家具上光蜡，外加石墨。我很快发现，客厅里的壁炉显然最近刚用石墨抛了光，黝黑闪亮。只是壁炉看上去那么一尘不染，应该是好些日子没有生过火了。年迈的布伦金索普太太明显比以前沉闷，话少了许多，没有再说什么她总是能够看到“乌云的银边”。（是不是只要房子里的穿堂风足够大，就能把人的乐观精神一吹而散？）我刚站住脚，莫德表姐就立马出现在客厅里。我与她攀谈，告诉她我们见过一次面。她很明白地表示，她对那次会面没有印象，不记得我。毫无疑问，莫德表姐是那种实话实说、心口如一的人。她穿着件砖红色毛衣（我敢打赌，那是她自己亲手织的），下身是一件粗花呢裙子，后片比前片长，脖子上戴着一圈大珠子。她精力充沛，说话斩钉截铁，还经常使用一些俗言俚语。

我问她们最近是否有芭芭拉的消息。布太太说——与莫德表姐相比，她讲话的声音就像羊羔的哀鸣——布太太说，在登船出海之前，芭芭拉，那可怜的孩子，会再回家来一次。布伦金索普太太又说，人老了，注定要经历离别之苦，这都难免。她这样说着，让我觉得她很快就要进入她早先那种言传身教的圣徒状态了，但是莫德表姐很快打断了她的话头。莫德表姐大声地说，咱们不要老讲些死气沉沉的事情，芭芭拉终于嫁了出去，这是天大的喜讯，那个可怜的老姑娘！听她这么说，我们就转而谈论高尔夫球、罗婷女校（那是莫德表姐的母校）以及小轿车奥斯汀娃娃。当然，对当时情况更准确的描述是，莫德表姐畅谈，我和布太太倾听。我在客厅里也没有发现《迪斯雷利》或其他类似的传记和巨著，而过去布伦金索普太太身边总是摆放着这类东西。我也没有询问年迈的布伦金索普太太现在空闲的时候做些什么，因为我不安地觉得，这种事情现在也是别人替她决定，不会征求她本人的意见。

告辞出来的时候，我情绪低落。布伦金索普太太抬起眼来张望着我，怯怯地开始说：我大概跟你们在一起的时

COUSIN MAUD.

莫德表姐

日不多了…… 她这话马上被莫德表姐的朗声大笑打断了。莫德表姐说，她就是个老骗子——你知道吗，最后就是她给我们所有人送终。

莫德表姐送我到门口。她对我说，有时让布伦金索普太太吃点儿瘪，很有必要——你看外边这天气多好，人活着难道不是很惬意？我很想回复她说，就我看来，某些人还是死了更好。但是我缺乏勇气，这话讲不出口，结果就只是非常懦弱地答道，你的意思我明白。这话说完我就赶快走开了，因为觉得如果我再耽搁哪怕稍微一小会儿，莫德表姐就会豪爽地用手拍打我的肩膀。

原来打算，从布伦金索普家回来之后就给芭芭拉写封温馨的信，告诉她布伦金索普太太状况很好，没有任何情绪低落的迹象。现在看来这信不好写了。把这事掂量了好一阵子，后来把睡觉之前的时间都用来处理棘手的财务问题：对比自己的账本和支票簿存根，并回复言词冰冷的银行来函。

6月1日　与弗罗比舍夫妇共进周日午餐。一起吃饭的还有住在弗罗比舍家的四位客人。主人把那些客人介绍给我们，姓名我听得比较含混。那位上校和他的妻子，好像姓Brightpie［聪明的大饼］（这不可能吧？）那位爵士，名字叫William Reddieor Ready，也许是Reddy，抑或是

Reddeigh。第四位客人叫Violet，跟我妹妹一样。Violet模样惊艳，身穿带花的蚕丝衣裙。像往常一样，我在脑海里想象，如果我穿上那件衣服效果怎样，但这次的试验只让我想起一句让人气馁的谚语，意思是老绵羊偏要扮成小羊羔。

就餐时那位上校坐在我旁边。我们聊起了钓鱼。我从来都不曾有这个爱好，甚至觉得这是虐待动物，但出于伪善和懦弱，这一点我没有对上校直说。罗伯特与瓦奥莱特坐在一起，我听到他们谈话的只言片语，跟猪猡有关，好生奇怪。不过那瓦奥莱特看上去挺愉快，那么事情应该还好。

弗罗比舍夫人谈起当今的牙科技术，大家就此发表了许多言论。罗伯特例外，他忙着吃面包。

（备忘：自己在家招待客人的时候，有时候席间会突然冷场。以后再遇到这种情况，可以马上提起牙科技术这样的话题。）

天气又阴冷下来，我心里暗暗希望主人不要招呼大家到花园里去，但是我的期望落空了。晚饭刚一结束，大家就被赶了出去，来到湿冷的屋外。树枝上的水滴不断落到我们头上，泥泞的地面在我们脚下咕唧咕唧作响。不过杜鹃花和鲁冰花确实开得非常艳丽，宾主谈话时也很少有人又把这些花比作美国女艺人鲁斯·德雷珀。我与“聪明大饼”夫人走在了一起，她是个园艺通，花园里的事情她几乎什么都知道。幸好她不介意多说话，我只需要时而附和着说些“确实，那种花真漂亮”就可以了。只有一次，她问我，在你们当地这种气候下，你有没有成功地种植过珍稀的蓝色大花蔷薇傲娇宝莲灯（听上去她是这么说的）？对此我只能老实地给她一个简约的否定答案。结果，她听了我的回答，似乎马上轻松了许多，这让我不得不猜测：或许她终生的最高追求就是要在本地成功种植那个什么什么什么。如果刚才我对她说，在我的花园里，那个什么什么像野草一样疯长，她会顿时精神崩溃吗？

（备忘：需要留意，自己似乎有无谓猜度的倾向。这种行为毫无益处，而且让自己在别人面前显得精神恍惚。）

我们在花园里流连好久，终于开始往回走，这时我与威廉·R爵士和弗罗比舍夫人同行，大家在讨论青草。然后我就恐慌地意识到，我们正在前往马厩。这让我没有办法了，我只能躲得离那些马越远越好，而且闭口不做任何评论，因为我对马这生物一无所知，除了它们让我害怕这一点。我注意到罗伯特在同情地看着我，主动站到了我和马之间。这很有必要，因为马厩里的那家伙从饲料槽那边斜着眼看我，还把嘴唇翻了起来。我因此心中非常感谢罗伯特。离开马厩后，我的神经支离破碎，鞋子里有好多汗水。我们与主人和其他客人优雅道别，告诉他们这是一次极为愉快轻松的聚会。

（问题又来了：一方面是必要的文明礼仪，另一方面是良心上最起码的诚实——难道这两者就真的不能结合起来？这仍是目前有待解决的一个难题。）

罗伯特去教堂参加晚礼拜，我和维姬下跳棋。维姬说，她也想和罗宾一样，到学校去读书，并就此给出了一系列令人信服的理由。我说这事必须由我决定。我意识到，过往的事情表明，维姬有一种实现她自己意图的天赋，这次提出的要求恐怕也不能例外。

家里的晚餐让人沮丧，又是冷牛肉、烤土豆、塌陷了的果馅饼。晚饭后处理函件，致信露丝、洗衣店、陆海军百货商店、妇女协会本郡干事长。罗伯特看《周日画报》，睡了过去。

6月3日 天气突然转暖，让人难以置信地舒服。我把椅子、坐垫、纸和笔都搬到花园里，准备写些东西。但这时厨房那边招呼我，让我过去看看餐具室里的水槽，那东西堵塞了。一处理完，我急忙回到花园，但是又被镇子上送来的一个纸条打搅了，人们问我，为镇子会堂筹款举办花园义卖会，我这边准备工作进行得怎样，请我尽快答复。我只好马上打电话给肉店，同时又突然意识到，洗衣店的车11点就要到了，而我还没有列出需要清洗衣物的清单。洗衣店的车到了之后，我向来人询问我们家丢失了的桌布，而这个谈话不知怎样就变成了一个有关赛马德比的

漫长讨论——马夫看好那匹被人忽略的“紧身呢绒裤”，而我则坚信“银色闪光”获胜的几率很高（不为别的，就因为我喜欢那名字）。

稍后，S太太从镇子上过来，收集为花园聚会准备的义卖杂物，她前后啰嗦了很长时间。午饭后，云彩过来了，天阴了，法国小姐和维姬非常善解人意地帮我把椅子、地毯、坐垫、纸和笔又都搬回到屋子里来。

罗伯特下午收到一封来信，宣布他的教父去世了，九十五岁高龄。罗伯特准备参加定于本月5号举行的葬礼。

（备忘：注意到一个奇怪而屡经验证的现象：男人自愿参加的聚会只有一种，那就是葬礼。本想花些时间研究一下这其中的原因，但必须把罗伯特的高顶礼帽和相关礼服从什么地方翻找出来，放到外面晾晒，以去除卫生球的气味。）

6月7日　罗伯特来信（他为什么不发电报！）告诉我，他的教父在遗嘱里给他留下了五百英镑。这消息对我来说非常美妙，我心中十分欣慰，十分舒畅，不禁流下了眼泪。这时法国小姐走了进来，看到了我热泪盈眶的样子。我给她讲了事情的原委，她说：“Ah, je m’en doutais! Voilá bien ce bon Saint Antoine!”［“好人好报！赞美善心的圣安东尼！”］我想，她大概曾经为了我们家庭的福祉祈祷上苍，想到这点我几乎又哭了起来。晚上我非常愉快地列

出了应付账目清单，包括必须赎回的珠宝、给朋友们的馈赠、购买一直推迟而不曾购买的物品。全部算过之后，我略微有点儿气馁地发现，我计划中的各种花销加起来足有一千二百英镑。

6月9日　罗伯特昨天回到家里。他话不多，也没有表现出特别的激动，但我有理由相信，他也很高兴地看到，我们现在的财务状况比较平衡了。他非常热情地支持了我的一个建议，那就是赶紧赎回姨婆留给我的那个钻石戒指，那宝贝还抵押在普利茅斯的那家当铺里。我们不久就要主办那个为镇会堂筹款的花园义卖会，那个钻戒将为我增添不少风采。事情商量妥当，我就乘坐最早的一班公车赶往普利茅斯。

到了那里，当铺老板看了一眼日历，祝贺我在最后期限之前赎回了钻戒。这样，我不仅收回了姨婆留下的钻戒，又出去为自己购买了一顶新帽子、好几码给维姬做衣服的料子、一个给罗宾的霍姆比牌玩具火车、一个给法国小姐的娇小的淡紫色提包，外加几张留声机唱片。购买这些东西让我心里非常愉快，于是又乘兴安排了热龙虾和水果色拉作为晚餐。所有这些事情都办理得非常成功，就是罗伯特对于晚餐有意见，他说（比较和颜悦色地说），我安排的晚餐只照顾到自己的口味，没有考虑到他怎么想。我不得不遗憾地承认，他是对的。傍晚时我们两人又很愉悦地谈到了教父馈赠的事情，我说我们也许应该搞一个晚宴，与已经安排的花园义卖会在同一天举行。罗伯特指出，这样的话，两个事情会互相影响，两件事都不容易做好。我重新思量了一下，同意他的意见。罗伯特督促我先把花园义卖会搞好，然后再做其他打算。我答应了。

6月12日 这两天一直在研究花园义卖会的有关事宜。天气目前很好，但谁知道17日会是怎样？茶桌摆在哪里更好，是在老橡树下面，还是在网球场上？义卖物品的价格能开到多高？是否应该把冰激凌和柠檬水的摊位合二为一？如此等等。花园义卖会的日期与罗宾学校的期中假日正巧吻合，我觉得他应该回来参加这个活动。至于花销，我对罗伯特讲，这已经不是问题。罗伯特做了让步，我于是大胆地在心里做了在家里举办餐会的计划，并邀请露丝从伦敦过来参加。露丝接受了邀请。

亲爱的学校时期的老朋友茜茜·克雷伯有信过来，她16日要到兰兹角去，路过此地，问我是否可以过来住两个晚上？当然可以。罗伯特不太高兴，因为我让他把更衣室腾出来，以便接待茜茜·克雷伯（露丝住客房，罗宾也从学校回来）。不管怎样，家里的餐会安排妥当了。

6月17日 全家人凌晨时分就都起床了，为当天的花

园义卖会做准备。法国小姐不吃早饭，忙着绣好一个粉红色缎面鞋包，要放在时装摊位上拍卖。我知道她过去六个星期一直在做这件事情。10 点钟的时候，我们教区牧师的夫人来了，问我觉得天气会怎样。她说她很忙，一分钟也不能耽搁。11 点了，她还在这里。随后又来了几个摊主，还有一对乏味的夫妇，怀特先生和太太，他们问，有没有网球比赛，如果没有，现在组织还来得及吗？对于他们的两个问题我都给予了冷峻的否定回答。那对夫妻离开了，看上去有点儿气鼓鼓的。牧师夫人说，这两个人恐怕不会来参加义卖了，咱们失去了两个顾客，而且怀特太太的妈妈眼下正住他们家里呢，那夫人比较富裕，本来可以照顾咱们一两个英镑的。

还好，一个意外的欣喜很快冲散了牧师夫人引发的惋惜之情。一辆结实典雅的深红色汽车开了过来，停在我们门口，从车里出来的是芭芭拉和克罗斯比·卡拉瑟斯。芭芭拉非常激动，卡拉瑟斯先生则比较沉静，但看上去也是充满善意。我们的牧师夫人尖叫起来，把一把剪子扔到了空中。（后来，一个小孩子在装满麦麸的两便士抽奖桶里摸到了这把剪刀，他坚持说他老老实实地摸到了这奖品，拒绝把剪刀还给我们。）

芭芭拉兴高采烈，她说，看到老家一点儿也没改变，真是太好了。我对她的这个说法略有异议，因为她离开这里也不过三个月（当然没有必要就这一点质疑她）。芭芭拉接着说，她和卡拉瑟斯要先去看看几个老朋友，下午就回来，到时共庆义卖开张。

罗伯特前往火车站，去接亲爱的学校时期的老朋友茜茜·克雷伯。露丝和伊托为拍卖的衣物贴上价格标签。（我发现自己和筹款委员会其他成员的眼光不同。比如，我在最后一分钟依依不舍地捐赠的那件灰色乔其衫，为什么只给定价三先令六便士？）

茜茜·克雷伯到达了。她头上戴着一顶羊绒帽子，看上去颇为奇特，让我马上觉得，那帽子放在我们的杂物拍卖摊上比较合适。大家坐下来吃冷式午餐。我事先记得茜茜在节食，所以特别嘱咐厨房为她准备了果仁香蕉三明治，但是我忘了给罗宾和维姬解释此事，所以他们两人就餐时表示不喜欢羊肉和色拉，也要吃果仁香蕉三明治。正当我们准备要吃菠萝罐头和甜食时，罗宾说有些顾客已经到了，大家马上四下跑散，各自换上漂亮衣服出去迎接参加活动的客人。我身穿红色薄软绸裙，头戴红色新帽子，但是像往常一样，发现自己所有的衬裙要么太长，要么太短。法国小姐过来帮忙，救了场，她用别针把我的跨肩背带夹了起来（后来有一个别针松掉了，给我造成很大麻烦）。露丝穿的是件悦目的绿色毛棉混纺裙子，一如既往地比别人都漂亮。茜茜·克雷伯的裙子看上去也还好，只是她身上披

CISSIE CRABBE.

茜茜·克雷伯

挂了太多物件，有圣甲虫套环、石雕胸针、细纱围巾、瓷釉搭扣以及品位一般的项链。她还坚持戴着她那顶小小的羊绒帽子，显得有些古怪。罗宾和维姬看上去都很精神，当然，不可否认，玛丽·凯尔韦的三个孩子，身着一式的浅玫瑰色丝绸，形象确实靓丽。（这三个孩子都头顶天然鬈发，这让我觉得大自然不够公平。没办法，只好等维姬长到可以烫发的年龄。）

我们事先邀请了弗罗比舍夫人为我们的义卖开场，她比预定的时间早到了十分钟，罗伯特先陪着她四下走走看看。这时我们的牧师自作主张，径直宣布："今天，我们大家齐聚在这里……"我几乎要恶狠狠地接下去说"在上帝的眷顾下"，但压抑住了自己的情绪。弗罗比舍夫人雍雅地站在了栗子树下的一个小坎上，我们的牧师立在她身旁，罗伯特和我很谦逊地往后站了几步。牧师夫人一片好意，但不是很明智地邀请其他一些身份并不合适的人站到她所说的讲台上来，幸好没有结果。大家刚刚找好位置，正要安静下来，一辆巨大的宾利汽车开了过来，马上引起了人群的骚动。从车子里出来的是鲍克斯夫人，她身着宝石蓝裙装，佩戴着许多珍珠，身后簇拥着几个同样时髦的人物，有男有女，也都身着盛装，像是刚从皇家阿斯克特赛马场过来。

"继续，继续！"鲍克斯夫人很有气度地对大家说，同

LADY FROBISHER.

弗罗比舍夫人

时挥手致意，手上仍然戴着白色小山羊皮手套。她在挥手的时候，不小心掉落了自己的宝石镶嵌的小手袋、花边太阳伞和绣花手绢，好几个与会人士马上抢过去为她捡起来，这又引起一阵混乱。等到会场终于安静下来，弗罗比舍夫人开始讲话，她说她今天非常高兴来到义卖现场，镇公所会堂非常重要，如此等等。我们的牧师对弗罗比舍夫人的光临表示感谢——她的时间非常宝贵，所有人都需要她——罗伯特接着以极简短的发言赞同牧师的表态。随后又有其他人感谢罗伯特和我为义卖会提供场地，慷慨出借我们美丽的花园（就是网球场、三个花坛，还有矮小微观的灌木丛）。在此之后，我看了看罗伯特，他摇头，我只好自己向前致了答谢词。我们牧师的夫人——不可否认她这时比我们都更加有心一些——小步跑向弗罗比舍夫人，提醒她还没有宣布义卖会开场呢。弗罗比舍夫人从善如流、行事如仪，然后大家就都散开了，去参观各个摊位。

我正想赶紧走开，但鲍克斯夫人已经止住了我。她以责备的口吻说：难道你不知道，你只要开口，我就可以为你们的义卖会开场？以后再有这种情况，绝对不要迟疑，尽管对我讲。然后她花了九便士购买了一个小熏香袋，就与她的那些装扮时尚的朋友们驱车而去。鲍克斯夫人的这种不当行为成了所有在场人们的话题，整个下午都有人议论。

其他与会人士都慷慨解囊，购买各种什物，还抽奖赢得了许多没有什么大用的东西（鉴于国家法律不允许抽奖活动，每个中奖人士必须花六便士买下奖品）。大家热情很高，纷纷猜测这个封了口的盒子里装的是什么物件，那个大蛋糕里面能有多少果干，那个看上去好丑的大块火腿又究竟有多重。乐队来了，他们在草坪上铺开摊子，开始演奏音乐剧《艺妓》里面的片段。法国小姐绣制的鞋包被一位男士买去了，那人身着灰色法兰绒外套，看上去颇有风度，我定睛一看，发现那人竟然是我们家先前的侍者霍华德·菲茨西蒙斯。我还没能从那震惊里缓过神来，罗宾激动地冲过来告诉我，他抽奖抽中了一头羊。（那头羊在本地很有名气，凶猛可怖，虽然年事已高，依然十分好斗。）我只是简单地对罗宾说，中了一头羊，真不错，就赶紧打发他走开了，因为这时我看到芭芭拉、卡拉瑟斯先生、年迈的布伦金索普太太和莫德表姐一起来到了拍卖会。（那辆小车奥斯汀娃娃真的能装下这么四个人？）年迈的布伦金索普太太这次没有像我上次见到她时那样胆怯不安，她甚至又开始说些富有教益的话，意思是虽然她没有多少钱可以贡献，但她向来认为，一个笑脸，几句贴心的话语，这些都比金子还要宝贵。她说的这话我一点儿也不同意。

我高兴地看到，卡拉瑟斯先生对莫德表姐采取生铁一般的对抗态度，她要说东，他就指西，保证与她不同。义卖会的各个活动在网球场上依序进行，运动比赛、茶会、跳舞，都非常成功，大家都很喜欢（除了那些将来要在我们家网球场上打球的人）。罗宾和维姬做梦也没想到他们可以吃掉那些剩下的蛋卷筒冰激凌，并且能够一直待到晚上10点才上床睡觉。

我和罗伯特、露丝、茜茜·克雷伯、家猫海伦·韦尔斯散坐在客厅里，身体疲惫而心情愉悦，彼此祝贺举办了一次成功的活动。罗伯特透露说（他未讲消息来源），我们义卖会的收入上了三位数。我觉得就眼下的情况而言，一切都是 couleur-de-rose [玫瑰般美好]。

6月23日 我们到一位殷实人家参加网球聚会。这是罗伯特和我第一次被邀请到那里做客（大概也是最后一次吧）。男女主人的富裕显而易见，这只要看他们家外面平台上的椅子就知道——个个四平八稳，绝不吱呀作响乱摇晃，而且每个都一尘不染，极为干净。我被介绍给一位身穿黄色衣裙的年轻女士和一位戴着犀牛角眼镜、面色严肃的先生。那女士见到我就说，你们家肯定有个可爱的花园。（是吗？）

我的球伴是位年迈的先生，但看上去仍然非常干练。我们的两个对手，一位是那个戴犀牛角眼镜的男士，一位是身着华式双绉绸的年轻女人。我马上意识到他们三个人的网球水平都比我高出许多。更糟糕的是，我意识到他们也意识到了这一点。就在我们要开打的时候，我的球伴非常严肃地对我说，他觉得他应该告诉我，他用左手打球。我想象不出自己对于这一既成事实能做什么，脑子一热，就回答说："那也是极好的。"

我们开始打球。我连续几次发球失误，老年球伴的脸色越来越严肃。每个球打过之后，他都会用加重的语气大声地向我宣告比分，当然，我们的分数一直落后于对方，所以他每次报分都让我心慌意乱。当他喊出"六比一"之后，我们两人从场子里出来，走向场边两个彼此离得尽可能远的椅子，坐下休息。我看到我们选区的议员先生在旁边，就与他聊了一阵皇家权杖、上议院里的女性成员（在此问题上我们意见分歧)、阿尔萨斯牧羊犬。

罗伯特也打网球，他表现挺好。

歇息一会儿之后，我们重新登场。我极为惊悚地发现，他们还是安排我和那个干练的老先生搭档。

我为他的不幸向老年球伴表示歉意，他以一种极端悲观的语调回答：五十年之后回头看，我们今天输场球又有什么关系呢？在旁边的一位女士——也许是他的妻子？——似乎为此感到不安，急急忙忙而又不是很有条理地说，这总归是个愉快经历。我很清楚，这女士也不相信她自己所说的话，但她好意安抚我，我还是心存感激。此后我球打得就更差了。赛后我跟女主人交谈时，她问我，是不是出完麻疹之后已经完全康复了，通常这需要一年的时间。我幽默地回答，就自己在网球场上的表现来看，恐怕需要不止一年。女主人脸上呈现出些微困惑的表情，看来她没有听懂我的机巧回复，我于是后悔不该提起自己在球场上的差劲表现。我又花了些时间思虑这事，然后突然发现周边的人不知什么时候已经在讨论美国了。大家对此话题都颇有见地：确实，美国人热情好客，但是，他们坚持别人赔付战争贷款应该如何解释？他们的禁酒运动呢？辛克莱·刘易斯如何？女传教士艾梅·麦克弗森又是怎样？他们的男女混合教育究竟行不行？在议论了所有这些有关美国的话题之后，大家意识到我们这堆人里谁也不曾去过美国。幸好大家的观点基本一致。

（问题：是不是可以进行这样一个试验：找一个极具道德勇气的人，在大家议论问题时，突然提出一些与众人迥然不同的观点——比如，其实美国人比我们更有文化、更礼貌，其实他们的离婚法律也比我们的更加高明——总之就是扔下几个类似的心理炸弹。我很想看到参与议论的各位先生女士会是怎样的反应。当然，做这事的时候，肯定不能让罗伯特在旁边看着。）

主人宣布午茶时间到了，打断了我饶有趣味的心理学臆测。

我再一次感慨，别人家的食物总是比我们家的优质可口。

话题转向了鲍克斯夫人。大家都说她是个心地良好的女人，然后就讲述了她的许多轶事，都是表现鲍克斯夫人除了“心地良好”之外的其他的不尽如人意的品性。身着黄色裙装的年轻女士说，上星期她在伦敦碰到了鲍克斯夫人，她皮肤上太阳晒出的古铜色大概有三寸之厚。这话我相信。听了这些议论之后，我心里舒坦了不少，感觉与在场的那些客人关系密切，心心相印。这事再一次展现了人性里不那么高尚却非常实在、不容否认的一面。我随后讲述了鲍克斯夫人在义卖会上的出格行为，大家也听得津津有味，觉得非常好笑。在此之后，我的网球也打得好多了，光是发球失误就减少了许多。但我心中仍然确信，不论谁跟我合作，总是逃脱不了输掉比赛的命运，球赛的结果实在不能归因于偶然。

在回家的路上，我对罗伯特说，也许我应该放弃打网球。罗伯特沉默了好一阵子。我希望他是在打腹稿，考虑如何表扬我一番，并找出让我坚持下去的充分理由。结果，沉默之后，他说，如果放弃网球的话，他想不出我可以从事其他什么运动。这个我也想不出，两人也就不再讨论这事，默默地回到家里。

6月27日 厨娘说，如果我不赶紧找人来清扫烟囱，

她不能保证炉灶不出问题。我说，好的，我马上找人来清扫烟囱。厨娘又说，如果不赶紧找人，她真的不能保证炉灶不出问题。我再次强调，我马上就叫人来清扫烟囱。厨娘不看我，继续说，除非我同意找人来清扫烟囱，谁也说不好情况将会怎样。

不知为什么，上面这个对话让我郁闷了一整天。

6月30日　烟囱清扫工来了，家里一整天都不得安宁。没有热水，饭菜也都是凉的。烟灰飘落在与烟囱一点儿关系也没有的住宅里的各个地方。到了中午，我被叫去支付十二先令六便士，但我手头没钱。问遍了家里每一个人，谁也没有这点儿钱。最终，厨娘说，肉铺的人来了，可以借钱给我们——如果我不介意他放债圈钱的把戏。我不介意。烟筒清扫工拿到了工钱，骑着摩托车消失了。

7月3日　露丝的一封来信活跃了早餐的气氛。很显然，亲爱的露丝是在法国的南部海滨写了此信，她身边就是黝红的礁岩和蔚蓝的海水。她说她在那里完全放松，有一些可爱而又意气相投的朋友。露丝还前所未有地向我提出一个建议：我应该过去与她住上两周，共同休闲度假。露丝的邀请让我怦然心动，以至于大声地感慨道：世界上什么人最幸福？就是没有孩子的寡妇！听了这话，坐在我

旁边的罗伯特没说什么，但表情上是明显地不能赞同我的观点。我意识到自己说话欠考虑，对他解释说，其实我不是那个意思。

（备忘：有时真是需要非常非常诚恳地解释，自己究竟是什么意思。我心里明白，自己有躲避麻烦的倾向，常常有意地逃避审视自己内心深处的动机。当然，这并不是说现在就要进行这种自我剖析。将来什么时候进行，那也说不定。）

我对罗伯特说，要不然我真的会认真考虑露丝让我一起度假的邀请，就是花销有问题，再加上我一点儿衣服也没有，而且佣人的事也一直不稳当，还得把维姬留在家里…… 讲到这里，我说不下去了，愤愤不平地问道：为什么鲍克斯夫人可以独霸法国南部海滨？罗伯特回答说，这个嘛…… 然后他就停顿下来不讲了。我坐在那里，等他继续说，等了好久——这期间我在心里已经与他到离婚法院走了个来回、办理了有关手续——罗伯特才重新开口，说道，这个嘛…… 然后就拿起了《西部晨报》，开始看新闻。我心里想，这就是他对问题的所有贡献？我觉得这个谈话不应该就这样结束，于是决定以一己之力继续推动这个讨论。我正在激昂陈词，家猫海伦 · 韦尔斯进到屋里来，它是从窗户跳进来的，对此罗伯特漫不经心地评论说，这个该死的猫，哪天我淹死它。我走神一小会儿，然后重整精神，准备继续发言，可是这时酒精灯又灭了，需要换个灯芯。罗伯特极力主张我们马上打电话购买新的灯芯。我觉得这事可以稍后处理，并在手绢上打了结，表示我会记得此事。（不幸的是，脑子里记的事情太多，我稍后来到厨房，就是记不起自己过来是要说什么事情，是果酱放在罐子里太久已经变成了糖，还是粥熬得太稠了——当然这已经跑题了。）

我把露丝的来信又读了一遍，还是觉得这是一生难得的机会。突然我听见自己在心里大声喊道：旅游使人见多识广！我记起来，这是我们教区牧师太太经常叨咕的一句话，而且往往说过这话之后不久，她就拉着我们的牧师先生去北威尔士度假两周。

罗伯特终于又说了一次“这个嘛……”，只是这次的语调有些通融的意思，不过他马上接着说：我把那瓶健身果蔬盐放在浴室里的架子上，为什么总是有人拿走？

我立即严厉谴责此事的罪魁祸首法国小姐，虽然实际上她很可能是根据我的指示行事。然后我又追问：法国南部海滨那事怎么样呢？听了这话，罗伯特吓了一大跳，什么也没说，悄悄地离开了饭厅。

我处理来往信函。先把露丝的来信放在一边，剩下的邮件都乏善可陈：已收货物的催款账单；一张传单，唐突无礼地询问我牙龈的近况；来自本郡妇女协会干事长的明信片，提醒我参加下次会议；还有一封信来自不曾听说过的一位爵士，信的上端写有我的大名，函件措辞温馨，邀请我为他所支持的某项慈善事业捐款，数目五先令（如果我实在出不起更多的话）。关于法国南部海滨的话题就这样被搁置起来了，直到傍晚。维姬上床睡觉之后，我到学习室去见法国小姐。她的晚餐还摆在桌子上，我非常惊讶地发现那只是奶酪、腌菜和一片含果酱的卷布丁，堆在一个小盘子里——富有艺术修养的人会因此想到现代艺术中的静物画——旁边还立着一大罐冷水。我问法国小姐，你喜欢这种饮食？她给予肯定的回答，又颇为严峻地追加说：食物对她来说不重要；她可以多少天不吃一丁点儿东西，完全没有任何感觉；她从来都是这样，从她的襁褓时代开始就是如此。

（问题不可避免地来了：法国小姐真的指望我相信她的这些话？如果是的话，她是怎么估计我的智商的？）

我们讨论维姬的事情。我暗示女儿喜欢与人争辩。法国小姐马上回答说："C'est un petit coeur d'or."［"她那小小的心灵如金子一般。"］这一点我同意，虽然表述方式可能不同。法国小姐承认维姬比较倔犟，不容易改变意见。她并强调说："Plus tard, ce sera un esprit fort...elle ira loin, cette petite."［"这小姑娘意志顽强，前程远大。"］

我讲起希望能去法国南部度假的事情，法国小姐非常同情。她劝告我说，不论代价多大，你一定要去。然后她又没有必要地补充说，这几个月你看上去老了许多；照你这个过法，一点儿消遣也没有，最后人会疯掉的。

不得不说，她观点犀利，令人信服。

（问题：罗伯特会不会接受这样的观点呢？他对于任何不是纯粹英国的事务都抱有偏见。）

回到休息室，看到罗伯特坐在椅子里睡着了，手里还拿着《泰晤士报》。我把露丝的来信又读了一遍，再一次被打动了。开始在心里盘算，如果我过去与她一起度假，需要哪些衣服，开销会是多少。就目前家里的财务而言，虽然说不上富足有余，比以往的情形还是好了许多，这主要得益于最近罗伯特教父的那笔馈赠。我越考虑越觉得自己的想法有道理，甚至在一个信封的背面记下了自己出去度假前应该留下的一些嘱咐，分别写给法国小姐、厨娘、各个供货商铺。

7月6日　决定了要前往圣阿加特，与露丝一起度假。给露丝写了信，告诉她我要过去。当年恺撒曾经站在水边说，骰子已经掷出，事情无可挽回，然后就毅然率领大军渡过卢比肯河，造反了！而我，马上就要越过英吉利海峡，奔赴法兰西。总的来说，罗伯特对我的整个行为还是采取了比较宽容的态度。他说，看来现在什么也不能阻挡你了，

只是你不要指望那边的天气总是如露丝所说的那样艳阳高照、晴空万里，应该多带些厚内衣。法国小姐为我高兴，但表现得比较夸张，她呼喊道："C'est la Ste. Vierge qui a tout arrange!" ["一切听凭圣母玛利亚安排！"] 她这话听上去倒好像是哪家旅行社的广告词。

前往妇女协会，告诉我们的秘书，很抱歉，我不能参加下一次的委员会会议了。秘书马上说，我们可以更改开会日期，等你来参加。我说，那不太好吧，但她马上就拿出一个小日历，翻开后对我说，你挑一天，随便哪一天。她并说，对于其他十一个委员来说，随便哪一天都一样。

(我想起，在妇女协会的全国集会上，我们的代表在她们激动人心的演讲中曾经多次说道，妇女协会的成员在职权方面一律平等，没有特殊…… 我只能寄希望于本郡委员会的各位成员将不会发现我与协会秘书之间的这个高级机密，那就是我们两人怎样徇私选择了委员会的开会日期。)

7月12日　走访朋友，进行度假前的告别，期间收到了许多有益的建议。我们的牧师说，正常人不会喝法国任何地方的水，除非水已经煮开或过滤。我们牧师的太太表示，她理解罗伯特对法国天气的疑虑，建议贴身穿耶格牌衬衣。牧师太太还借给我一个旅行用药品匣子，以备紧急情况下使用。我们进而讨论奎宁水算不算纳税物品，是不

是应该呈报海关。经过三个人长时间的反复研讨，牧师先生做出了不是结论的结论：凡事诚恳为上。

我去探望年迈的布伦金索普太太（芭芭拉经常写信给我，对我的仁慈表示深切感谢；每收到这样一封信，我就不是很情愿地去布伦金索普住宅拜访一次）。我发现布伦金索普太太又回到她过去那种颤颤巍巍的虚弱状态，她说，她希望我度假回来的时候她仍活在世上，可以再次欢迎我造访，但这种事情真是很难说，没有多大指望。我说，哪里，然后就想说几句话，赞扬布太太身体健康。这时莫德表姐突然来到客厅，把我想好的话给吓了回去。莫德表姐讲，怎么，听说你要到啥地方快活去了？——（她大概就是这么说的，反正是用了一个挺老旧的俗语）——到什么豪华岛子上玩些日子？把我们这些人扔在身后自生自灭啦？要不人家都说妇女可真的解放了呢。她这么说着，我很想回答：都说，别人没说，就是你说。但觉得这样反驳会显得粗鲁，我也不想让年迈的布伦金索普太太心慌，就控制住了自己。现在真感到，布伦金索普太太是个可怜的受难者。我没有回答莫德表姐的问话，而是请教布伦金索普太太，出去度假时我应该带什么读物。行李有尺寸和重量的限制，但箱子里还可以放进两本袖珍版的厚书，外套口袋里也可以再装一本。

布伦金索普太太大概还沉浸在她不久于人世的思绪里，

所以对我的问题冷不丁地回答说：那就带上《圣经》吧，这是最好的书了。我想，这话要是来自我们的牧师，那也还算自然。我含混地表示赞同，但没说真会带上《圣经》。莫德表姐一如既往地自信满满，她直接对我说：什么书也不用带，你不是要坐船吗，谁都知道，你要想晕船，最管用的办法就是在船上看书。至于避免晕船的最好方法，莫德表姐继续说，那就是背诵诗歌，或者背诵九九乘法表，那个最顶用！我心里想，九九乘法表我现在大概已经背不下来了，当然，这种事情我不会对莫德表姐说。

这时布伦金索普太太已从她的宗教思绪里挣扎了出来，她重新建议说，我看你带上莎士比亚；人世间所有的事情都能在莎士比亚的故事里找到，比如说《李尔王》。这次莫德表姐劲头十足地赞同了布太太的意见，但是我可以打赌，莫德表姐连《李尔王》的一个字也没有读过。当年她倒是在那个老旧的罗婷女校待过，不过想来她把时间都花在板球、冰球这样蛮力的比赛上了，最多就是在业余时间被人填了填鸭。

我们又一般性地讨论了文学。布伦金索普太太说，现如今出版的许多书籍好像完全没有价值，而且书里面怎么有那么多性的话题？莫德表姐说，书嘛，基本就是放在那里攒灰尘的。她这么说着，随手就把案头上的一本《时代与潮流》给掷到一边去了（这杂志真是无辜受辱）。我想布伦金索普太太大概有时在读物里寻找些安慰，当然现在只能是在空闲时间，也就是莫德表姐没有忙着把她塞进和拉出奥斯汀娃娃车的时候。我告辞出来，布伦金索普太太拥抱了我，又要说几句伤感的话，但立即被莫德表姐截断了话头。莫德表姐送我到门口，这次我离开时的动作稍微慢了一点儿，被她豪爽地拍打了肩膀。

我走在回家的路上，从身后开过来镇子上广为人知的那辆宾利轿车，里面坐着鲍克斯夫人。鲍夫人优雅地向我招手，叫他的司机停车。车在我身边停下之后，鲍克斯夫人说：上车，上车，鞋上有泥也没关系！她这话让我觉得自己像个耕田的小伙计，但还是无奈地上了她的车。鲍克斯夫人说，你在镇子里这样踢踏踢踏地走，又做什么善事？你天天这样辛苦操劳，真让人佩服。我言辞犀利地告诉她，事实上，我正准备到法国南部海滨去，与那里的一些知名人士共度假期。（我后面这话也不是全无根据，因为露丝已经说了，我过去之后，她会给我介绍一些非常有趣的朋友，其中有一位子爵夫人。）

是吗，鲍克斯夫人说，你为什么不选择最恰当的季节出去？你为什么不坐船直接到法国——乘游艇航海真的非常惬意。还有，你为什么到法国，不去苏格兰？

这些问题我一个也没有回答，只是彬彬有礼地告诉她，我在下个拐角下车。我下了车，鲍克斯夫人挥手让她的司机继续前行，但车没走多远，又停了下来。鲍克斯夫人从车窗伸头出来对我说：你是否需要平价旅馆的信息，我可以让人找到。我对她说，不需要，她这才走了。

我发现自己陷入了情节离奇的幻想中。疾驰的宾利与庞大的公共汽车轰然相撞，轿车被撞得粉碎，司机勉强逃生，鲍克斯夫人的命运尚不得而知……我很小的时候就受到教导，诅咒别人死亡是很不道德的事情，这点我一直记得。但是，某人因车祸身受重伤，包括毁容，这种程度的事情还是可以通融的吧。发现自己的这一系列心理活动毫无益处，决定收收心思，不再乱想。

7月14日　带什么书去度假的问题直到出行的头天晚上才解决。罗伯特说，有必要带书吗？维姬推荐 *Les Malheurs de Sophie* [《小姑娘索菲的厄运》]，她并自作主张，把那书藏在了我行李箱的最底下，后来法国小姐发现，把那儿童读物拿走了。最后我放进箱子里的是狄更斯的《小杜丽》和夏洛特·扬的《雏菊花环》，同时把《简·爱》装在外衣口袋里。我其实希望自己的趣味再高雅一些，比如能够做到济慈的诗歌不离手，甚至是简·奥斯汀的著作也好，但那有些勉强。

7月15日　备忘：出发前提醒罗伯特，星期六给女侍

格莱蒂斯发薪水。然后安排装修我的房间。处理洗衣事项。跟法国小姐谈维姬的牙齿问题，要她用哥里科－萨莫林漱口液。不许家猫上床。整理丝绸外衣的衬里。致信肉铺。洗头。

7月17日　罗伯特送我到车站，搭乘前往伦敦的火车。出发时紧张忙乱，因为旅行箱里东西太多，合不上盖。后来总算把箱子扣了起来，但扣起的方式让我觉得再要打开就没那么容易了。维姬非常快活而又温情地跟我道别，但她在最后一刻问道：能在午茶后回来给我念故事书吗？过去几天里我已经把出去度假的事对她仔细解释过了，所以她这最后的问题实在没有道理。维姬的询问让我心烦意乱，而法国小姐又就此发出感慨，给当时的情景平添几分悲伤："Ah! la pauvre chère mignonne!"［"啊，多么可怜的小宝贝！"］

（备忘：法兰西人易于被情感冲昏头脑，常常荒腔走板。）

厨娘、格莱蒂斯、花匠都站在门口跟我道别，祝我度过一个愉快的假期。厨娘追加说，看天的模样，要起风了，她就最害怕落在水里淹死。在她这一声温馨祝福中，罗伯特送我上路了。

像往常一样，我们到达车站太早。大概是为了打发时

THE GARDENER.

花匠

间，我对罗伯特说，如果孩子们出了什么意外，可以给我发电报，我可以在二十四小时之内赶回来。罗伯特不搭理我这个问题，只是说，你把护照拿好了？我很有把握，护照就在我的那个紫色化妆包里，我提前两周就把它放在那里了，而且之后每天都查看了两三次，最后一次是四十五分钟之前我们从家里出来的时候。尽管如此，一股神秘的力量还是驱使我再次打开我的手提袋，从里面拿出钥匙，用它打开紫色化妆包上的小锁，又一次确认护照安然无恙。

（问题：心理学界是不是把上述行为看作精神病的一个症状？我依稀而且不安地联想起伟大的作家塞缪尔·约翰逊博士在伦敦街头的一些古怪行状。这个念头让我有点儿心慌，还是停止探究为好。）

火车来了，跟罗伯特道别，我说，是不是我干脆放弃自己的旅行计划算了？他无视我的这一询问。

（问题：假设有一天，类似我上面的那种提议竟然被人接受了，那大概会是一个让我非常懊恼的局面吧？这让我想到，自己的这种提议实在缺乏诚意。但是这种审视又让我心中不安，于是明智地将此问题束之高阁。）

我转而打量坐在身边的同行旅客，这是一个头发灰白、看上去忧心忡忡的女人。她开口就对我讲：隔间外面那个洗手间的锁坏了，门关不住。我说，是吗，口气里表现出在意和关切。我起身走过去，把那洗手间的门关上，然后我们两人就精神紧张地盯着那扇门，直到它再一次自己弹开。身边的女士又过去把门关上，我们盯着门看，它又弹开。关上门，盯着看，门弹开，旅途上很长一段时间里我们都忙着做这件事情。我就此评论道：无谓的期望，就像泉水，自是长流不息。我的旅伴听了这话之后，愈发显得思虑重重。她以一种绝望的口气说，真让人心烦，然后就陷入了漫长而忧郁的沉默。之后，那门就以一个胜利者的姿态一直敞开着。

火车抵达滑铁卢车站，我在那里乘坐出租车前往维多利亚车站。在出租车里我就把护照拿了出来，有备无患。后来想了想，觉得还是先收起来比较安全，于是又把护照放回紫色化妆包。（自己的脑海里又浮现出约翰逊博士的疯姿，但我立即将其驱逐了出去。）火车路过格罗夫纳花园，我不安地注意到，那里的树木被大风吹得摇来晃去。

到达维多利亚车站，我要把英镑换成法郎，但站在小亭子里的那位极富优越感的先生拒绝给我小于一百法郎的票子。我问他，我拿什么打发门童服务员？极富优越感的先生不肯通融。这时从旁边走过来一个极为能干的先生，身穿蓝金两色制服，带着“迪安与道森旅行服务公司”的标牌。这极为能干的先生帮我找到了我所需要的小额票子，还帮我订到了前往港口的座位。那先生对我说，他们公司是伦敦最优秀的旅行社。我热情地保证说，以后出行时，我再也不会使用其他旅行社了（更准确的说法是，我以后也不会有机会使用任何旅行社了）。我们两人在对彼此的衷心钦佩中友好分手。我甚至在一个破损的行李标签上做了一个笔记，提醒自己应该致函迪安与道森旅行服务公司，表彰他们这位优秀的员工，虽然在做此笔记的时候，心里就感觉到，自己其实不会真的去写这么一封信。

在去往福克斯通港口的路上，一直朝窗外望着，心情沉重地看到无数大树被风吹弯了腰。厨娘的临行赠言又讨厌地回响在耳边。考虑了关于海上旅行避免晕船的诸多建议，不知应该师从哪一学派——是到女士沙龙、摘下帽子、绝对平躺（法国小姐的忠告），还是不惜一切代价待在通风良好的地方、集中精力关注某一问题（格特鲁德姑姑的对策）。结果是自己没得选择，上船之后五分钟就发现女士沙龙已经满员，那些有了位置的人确实都摘了帽子，绝对平躺。

我来到甲板（通风良好），坐在自己的行李箱上，决定集中精力考虑“其他问题”。我身边坐着一位学校校长，在我的另一边是他的妻子。他们两人前往布洛涅，这会儿就隔着我一来一往地说话，谈论的是大学里的继续教育课程。他们两人似乎完全不受海浪颠簸的影响。我从外衣口袋里掏出小说《简·爱》，试图转移自己的注意力，同时也想对校长夫妇显示一下自己的品位。试着读了一小会儿，不得不承认莫德表姐在这一点上是正确的：船上不宜看书。那

"SCHOOLMASTER AND HIS WIFE . . . TALK TO ONE ANOTHER ACROSS ME."

校长和夫人越过我彼此交谈

么她关于背诵诗歌以避免晕船的说法是不是也有道理呢？我一时想不起什么诗句，只感到全身一阵阵湿凉颤抖。忽听得身边的校长对我说："你没有什么大碍吧？"我回答说，没有，没问题。校长发出一阵爽朗的学者式笑声，开始谈论南极洲的马特洪峰。接下去的事情在我脑子里的印象比较模糊了，只记得自己在心里不断默念那首诗歌，《奥地利大军围攻贝尔格莱德》，类似的头韵诗我小学时能够熟练背诵。（留意：我隐约地理解了这样一个说法：人之将死，思维会退回到婴儿时的本能状态。）

正当我诵唱到：

可怖的哥萨克钢炮梆梆爆响，
厄神赫赫，我们何处身藏……

轮船的颠簸让我崩溃了。我只依稀地记得，每当我试图站立起来，离开身下的行李箱，旁边的校长就大声喊道："大家让路！大家让路！这位女士病了！"在整个过程中，神志不清的我仍然试图继续背诵《围攻贝尔格莱德》，一直坚持到：

理智迪益，宗教宏张

然后就彻底地撑不下去了。我觉得自己的表现已经是难能可贵。

轮船终于抵达法兰西的布伦港，上了火车，在火车上找到了预定的座位。询问了几个乘务员，打听我是否需要在巴黎换车，他们给了我彼此矛盾的答案。暂时放弃了对此事的研究，转而向他们索求一杯白兰地酒。这酒使我的精力有所恢复。

7月18日，圣阿加特　旅行的快乐与辛苦非常奇异。我注意到，实际生活中的出行是一种情形，小说中的描述又是另外一回事情。回想一下，在几乎所有自己读过的文学作品中，火车旅行都有以下情景中的一种：(a) 与异性邂逅，引发恼人的情感纠结；(b) 发现了尸体，其状惨不忍睹，案情扑朔迷离；(c) 一对情侣私奔，双方都是已婚人士，事情的结局或者是惨痛的幻灭，或者是良心发现、情侣毅然斩断孽缘。

上述的情节在本人的旅途中完全没有发生。当然，我的行程也不能说是一夜无话。

二等车厢满座，我运气不佳，没有得到靠角的席位。在我对面，有位年轻美国男士，一对老年法国夫妻及其友人，他们那个朋友头戴贝雷帽，拿着一把小刀修理指甲，同时喋喋不休地讲话，对我们大谈葡萄酒生意。

ELDERLY FRENCH COUPLE WITH TALKATIVE FRIEND.

老年法国夫妻与他们那个健谈的朋友

与我同座的是位年岁较大、身着黑色衣裙的母亲，她的两个儿子——古加斯特和迪迪——坐在我的另一边。（迪迪看上去十五岁左右，竟然还穿着童式长筒袜，实在不妥。当然自己应该心胸开阔，对人和事有宽容之心。）

到了晚上11点，大家都陷入了沉寂，只是那个蓝色贝雷帽还有许多话要说，眼下他正在议论网球锦标赛。每当贝雷帽提到一个美国人的名字，那个年轻美国男士就显得局促不安，因为他法语不灵光，听不懂贝雷帽在对美国人做些什么评论——其实他不懂也罢。

那个不知疲倦的贝雷帽开始吃东西，是那种小小的香肠卷。其他人开始迷糊打盹。火车停在了一个车站，车厢走廊那头隐约传来争论的声音，好像事关一位带了大狗的乘客，问题是他可不可以登车。一个嗓音低沉有力的男性频繁重复他的话："Un chien n'est pas une personne."［"狗不是人。"］他这话一经说出，就有周围一些人附和："Mais non, un chien n'est pas une personne."［"对头，狗不是人。"］

我听着这个争论，坠入了梦乡。过了很久，我醒过来，还听到诚恳的话语顺着走廊飘了过来："狗真的不是人，对不对？"

不待这个问题解决，我又睡过去了。早晨醒来之后，再没有此事的音信。我无谓地猜想，那chien［狗］与他的主人留在了站台上？还是正在另外一节车厢与主人一起旅行？早晨的洗漱不尽如人意，设施不洁净，而且还排队等了许久。我又恼火地发现，在火车停靠阿维农之前都没有早餐。我对年轻的美国人讲了此事，他一脸紧张，说他不知道“柚子”用法语怎么说。我也不具备这个知识，但是我明白无误地告诉他，不用担心，他没有机会用到那个词。

列车晚点，抵达阿维农时已接近 11 点。年轻的美国人又紧张起来，他坚信，如果他下车购买食物，火车就会离他而去；在他的老家、爱荷华州的达文波特，这事就发生过一次。为了帮助他避免这种灾难再次发生，我下车买到自己所需的东西之后，给他带了一杯咖啡和两个面包卷。进餐之后，大家的情绪好了许多，而古加斯特也在这时宣布他要刮胡子。他的母亲尖叫起来，斥责说：“你不要胡来！”对此我心中表示赞同，其他人也都试图劝阻古加斯特。只有年幼的迪迪对此事无动于衷，沉浸在自己的忧郁情绪中。古加斯特的母亲向她的大儿子指出，火车这么摇晃，他肯定会用刮胡刀伤到自己。戴贝雷帽的法国男人甚至预言，他会将自己切喉、斩首。听了贝雷帽的话，大家都惊叫了一声。

古加斯特一意孤行，从包里翻出刮须用具，又找出一个娇小的缸子，让迪迪帮他举着。我们坐在周围，紧张地屏息观看。古加斯特的母亲抓着儿子的一个胳膊肘，帮他保持稳定，古加斯特顺利地走完了刮胡子的程序，完工之后的下巴与在此之前毫无二致。

在这个激动人心的大事之后，大家都感到了精神上的放松和疲劳，再次陷入沉默。车窗外的景色中多了些岩石和沙子，蒸腾的热霾在地表上闪烁发光，偶尔远处会显现出清新的蓝绿色海水的倩影。

列车时而停顿靠站，释放出各色人等。那对老年法国夫妻先下了车，古加斯特通过车窗对他们大喊大叫，原来他们把一个保温杯忘在了车上。然后蓝色贝雷帽下了车，他到最后一秒钟都是那么富于表现力——列车重新启动开行，已经到了站台上的他转过身来，向我们优雅地弯腰，颔首致意。古加斯特、迪迪和他们的母亲要去安提比斯，在我那站之后。年轻的美国人与我一起下车，到站后，在我见到露丝的喜悦和激动中，他悄悄地消失了。露丝身穿黄色绣花亚麻裙，仍是那样绰约多姿。她说，很高兴见到你，然后又说，你这样子，看上去像是块桌子抹布！到达旅馆后，我在镜子里打量了自己，发现露丝的评语基本属实，她只是友好地有所保留，未提我脸上不知怎么染有几块污迹，再就是我的半截衬裤向下滑动、超出裙子下摆有两个半英寸之多。这些细节恰到好处地点染了我旅行之后的完美形象。

露丝建议我洗个澡，尽早睡觉，我答应了。她问我是否喝茶，我拒绝了——那也太英国乡村化了，我眼下不是已经到了法兰西。我问道：有我的家信吗？这问题实在不合情理，因为除非家里人在我出发之前就给我写了信，否

ROSE.

露丝

则它们怎么可能到得这么早。露丝不搭理我的无稽问题，只是问我罗伯特和孩子们怎样。我说，他们都好。我又追加说，我真不该把他们留在家里，自己出来。对此，露丝只是说，上床休息吧。露丝是对的。休息。

7月23日　人们休假时，日子过得飞快。如果生活在一成不变的环境里，每一天，甚至每一小时，就好像是漫长的一年。这之间的反差实在让人难以想象。（备忘：人们常说，闲暇让人感觉时间漫长。这完全是谬论。事实正相反，如果我们从早到晚忙个不停，那才是度日如年。）

露丝很善于发现和结交有品位、有趣味，甚至于声名颇大的朋友，她到达这里后不久就建立了一个很好的朋友圈子。每天我和这些朋友在海边礁石上闲坐，在海水里漂荡。这里的环境与水温都迥异于英吉利海峡和大西洋海岸，这让我心旷神怡，大胆地下到海里游泳。当然我的泳技与子爵夫人和她的朋友不能相比，前者可以跳水，后者更是擅长以一种惊人的后翻姿势入水。她们的表现激励了我，有一次我试图模仿她们，跳起入水。我入水之后一直向下沉，似乎一直沉到了地中海海底，让我觉得再也回不到水面上了。等我终于从水里冒出来，我问在一旁观赏自己跳水的朋友（一个著名学校的校长），我入水的姿势如何。女校长非常温馨地回答：身体与水面基本平行。我们于是不再讨论跳水问题。

7月25日　维姬有信来，言语间透露着爱意，只是信比较简短。法国小姐的来信很长，可是字迹极难辨认，大概就是祝我度过一个愉快的假期。我被她们的来信感动，给两人各发了一张明信片。罗宾从学校寄来的信随后到达，其中又讲到一些我从未听说过的学校小男生。他说他已经邀请了那些朋友中的两位与他共度暑假，还接受了另外一个小朋友的邀请，要到他家里去住一星期。他在信末写下附言，直截了当地问我，买了巧克力没有？

我马上出去买了巧克力。

7月26日　在镜子里端详自己，发现自己好像比刚到此地时年轻了十岁。心中甚感欣慰。况且自己的这个良好状态是在最近发生的一次险情之后。那天海上有点儿波浪——这里天气通常真的很好，那天是个例外，因为来了 vent d'est [东风]。海里没有什么人游泳，但子爵夫人下了水。她指着海中一个遥远的礁岛，宣布她要游到那里。我说我也游过去。游出去还不到一半的距离，我就知道自己不可能支撑到那礁石，心中就只是祈望罗伯特的下任妻子会善待我的两个孩子。子爵夫人镇静自若地游动着，问我，你还好吧？我答道，呃，没问题！言毕，我就被海水没了顶。

（问题：这是上天对我的惩罚吗？）

我钻出水面，尽力继续前行。那礁石看上去是越来越远的样子。我想到报纸对我身亡的报道，它应该会提及事发时我是与知名的子爵夫人在一起。我还想到自己有那么一两张照片，在报纸上看着应该还好。正当我试图想象我们的《教区杂志》会为我发出什么样的讣告，身子碰到了一块岩石，马上又被没了顶。我再次不可思议地在海水的泡沫中浮出水面，自知形象比不上图画中“出浴的维纳斯”。

听说，人淹死的瞬间眼前会闪过自己一生的全部情景。想到此点，我几乎又立即沉到水里——不要说自己一生的全部情景，就是其中的一两个场面也会让我尴尬至死。这时我突然意识到自己距离前方的礁石已经没有那么远了。子爵夫人一直在我附近游动，脸上带着焦虑的神情，现在她已经登陆了。我奋力划水，一个指尖突然碰上了一块尖锐的岩石，而一个膝盖也在水下碰到了硬物，以致皮破出血。哈哈，上帝这次赦免了我。

（备忘：劫后余生，在今后的日子里我应该努力探究上帝把自己留在这个世界的终极原因。如果有原因的话。）

我游到了那礁石，这对我来说是一个巨大的成就，但我试图表现出闲庭信步的姿态。我没有发什么感慨，只是漫不经心地提到，诗人拜伦如何横渡了达达尼尔海峡。可惜我叙述此事时的口气不够镇定，因为那时我仍在大口喘气，并且从肚子里吐出了大约三加仑海水。

一个不大却让人无从着手的问题来了：人们在海里游

泳的时候，没有手帕怎么办？除了亲朋好友的葬礼之外，海浴应该是最需要这个看似无用的小物件的时候，人们却偏偏在这个时候没有了它。花了些时间考虑这个奇异的现象，想来想去，觉得问题无解。

我对子爵夫人说，海水有点儿凉（这是实话），我不想再游回岸边，要沿着礁石岸边走回去。子爵夫人非常善解人意，没有试图阻止我，我就开步走了。

7月27日 假期马上就要结束了，每个朋友都热切地挽留我，问我何不多停留一些时日。我说，实在放心不下罗伯特和孩子们，同时在心里对自己追加了许多其他非常实际的理由：家里不逊的佣人、该洗的衣物、妇女协会的事务、待修的浴缸，当然还有我已然透支的银行账户。大家都对我将要离去表示遗憾，我非常感动，以至于说出了“我明年再来”这样完全不着边际的空话。

临行的头天晚上一直忙于书写明信片，给我能想到的每一个人都发了一张，告诉她们我在法国南部度假。从我到达假日海滨的第一天起，我就想着要做此事。

7月29日，伦敦 回家的列车旅程比来时舒适了许多，因为是坐一等舱，与露丝的一位极为知名的朋友同行。（我现在非常希望在巴黎或此类地方偶然遇见鲍克斯夫人，

但没有这个运气。不过一定要找机会让她知道，最近这些日子我是在怎样一个圈子里交游。）

返回英格兰的海上之旅还是颠簸不断，我的对策还是背诵那篇有关围攻贝尔格莱德的诗歌，只是这次奥地利大军预防晕船的法力与我上次乘船时相比没有任何起色。轮船抵岸时晚点了，我还没有到达维多利亚，开往英格兰西部的列车已经离开了帕丁顿。我只好在伦敦住一晚上。我给罗伯特打长途电话，线路上的音质一如既往的糟糕，我只听到罗伯特说："什么？"而罗伯特听到的显然比这个还少。我只好挂断了电话。我启程时已经从露丝那里借了些钱，但旅途上的花销又超出了预算，现在已是一文不名。找到了我的社交俱乐部的秘书，向她坦白了我的窘况，她同意借钱，但似乎意有所指地说："可就是一晚上的费用啊。"

7月30日　因为离开了较长一段时间，又是悠闲的假期，自己对于家里的情况不适应。

7月31日　我已经开始为孩子们预约牙医和大夫，很明显，他们要放暑假了。在圣阿加特拍摄的照片寄来了，我非常着急地要看，家里的其他人倒都无所谓的样子，大概这也正常吧。（游泳衣看上去比我想象的还要合适，但是头发不那么熨帖，可能是海水较咸的缘故？）略感遗憾地

注意到，自己个人的摆拍较多，没有适当地照顾到那些使人愉悦的可敬的朋友们。大自然景观也比较少。

维姬、法国小姐以及我们的牧师夫人都非常喜欢我带给她们的礼物，这让我很欣慰。不过，在圣阿加特购买的蓝色印花棉布连衣裙现在看来不那么适合我，因为日光浴之后的黝黑渐渐褪去，肤色又变回了原来的枯黄。那衣服是在圣阿加特购买，花了三十六法郎。虽然法国小姐在衣饰问题上向来持比较开放的态度，这次她也以犹疑的眼光端详那件印花棉布连衣裙，嘴里说道："Tiens! On dirait un bal masqué."［"化装舞会上倒是可以穿。"］当然她和我心里都明白，我们这镇子上的人过去不曾、将来也不会喜欢化装舞会这种名堂。法国小姐的话等于宣布了这件蓝色印花棉布连衣裙的死刑。我黯然无语，把这裙子放在储衣室最深最远的黑暗角落里。

厨娘说，海伦·韦尔斯又要下小崽了。不知罗伯特是否已经听说此事。

阅读和回复信函。对方是自己从来不曾谋面的孩子妈妈，她们的儿子受罗宾之邀，要到我们这里住几天。还有一位老祖母，她的孙子邀请了罗宾到他们那里访问一周。与她们信件往复了几次，总也不能安排出对大家都方便的日期和车次。特别是那位祖母，她发来不知多少信函和电报，对其中每一封我都殷勤回复，说来说去就是我们如何感激他们对罗宾的邀请。我每次回复都试图使用一个不同的措辞来表达自己的谢意，但这事情并不是那么容易做，何况我还需要保留这些措辞中的那么一两个，以便罗宾访问结束时使用。

8月1日　罗宾从学校回来了。他长高了些，看上去有点儿苍白。他为自己购买了一大瓶发蜡，涂抹了许多到头上，那味道，闻起来像是一间廉价药房。我不想显得过于挑剔，所以就没说什么。但维姬对此表现疯狂，尖叫道，太潇洒了！ 罗宾自己显然也是这么认为。他们两人激动不已，嚷成一片。我建议他们到屋外花园里去闹。罗宾说，他饿了，因为他“基本上”没吃午饭。我发现他这个“基本上”的意思是一袋三明治、两瓶叫作樱桃果珍的劣质苏打水、一板巧克力糖、两个在路上买的香蕉，外加一小罐奶酪饼干。那奶酪饼干是罗宾从一个名叫歇洛克的小同学那里置换来的，他给了那同学一本过期的漫画杂志《刁滑老猿》。

维姬和罗宾久别重逢，两人表现出感人的兄妹亲情。但过去的经验告诉我，他们之间的这种友爱与和平不会超过二十四小时，很快就要有各种吵闹和争斗。我责备自己，不该这样想，但事实就是如此。

（问题：是不是一个女人成为母亲之后就再也没有什么理想主义了？这似乎不符合艺术、文学和伦理的基本教义，但我坚持这样一个观点。）

ROBIN.

罗宾

即便如此，我无意间听到的一段对话还是感动了我。维姬对厨娘说，她长大后找丈夫，一定要找得跟罗宾一模一样。厨娘说，没错，就那么做，哎，你别在那调料壶里乱搅和，这就对了，真是个乖闺女，那罗宾少爷想找个啥样的媳妇呢？罗宾说，他觉得自己肯定找不到跟维姬一样的妻子，因为维姬实在太好了，世界上不可能有第二个。

8月2日　注意到，虽然家里只是多了一个孩子，情形却很不一样。罗宾不幸脚滑摔了一跤，他因此在地上找到一个玻璃球。他还发现了一个底部有洞的盒子和遗落在楼梯上的半块海绵。他于是评论道，这个家真是乱七八糟！我觉得他这话太过分了。罗宾、维姬和家狗家猫在储物阁楼里闹翻了天。法国小姐把他们发出的噪音描述为“啕呼布呼”，这词倒是挺有表现力。

饭桌上也没有了往日的安宁，尤其是午餐时。我不时想起，自己成为母亲之前有一个信条，那就是家长不应总是对孩子说“不”，也不要过分指责孩子。非常遗憾，我现在常常违背这种理念，不时地规劝、批评自己亲爱的孩子们。我还想到罗伯特的弟媳安吉拉对我讲到的那些美满家庭，那些家长和孩子们不像我们这样大呼小叫，他们总是融洽相处，一片祥和。我想知道——事实上我不想知道——安吉拉访问其他亲朋好友的时候会以怎样的口吻描述我们这个家庭。

露丝写信过来，言词愉悦。她还在法兰西南部海滨度假，那里的天空湛蓝如故，礁石还是那么通红，海水里的嬉戏也还是那么惬意。我有一种奇异的幻觉，好像这信来自另外一个世界，自己大概亿万年之前曾在那个世界里短暂流连，现在脑海里剩下的只是对那个遥远宇宙的模糊记忆。自己这边的天气阴沉恶劣，孩子必须待在室内。像往常一样，为了避免他们无所事事，我试图为他们安排一些合适的活动，希望这些活动多样化，有趣味，还不是很吵闹，当然这只是奢想罢了。很难想象，如果这种混乱状态持续下去，罗宾的同学（大名亨利）来访时会是怎样一个情况。我问罗宾，他的即将来访的小朋友有什么爱好？他说，好多啊。我追问，他喜欢板球吗？罗宾说，应该是的吧。他喜欢看书吗？罗宾说，这个可不知道。我放弃了努力，不再打听，写信给陆海军百货商店，订购了一大桶野餐饼干。

西德纳姆花卉公司以及荷兰什么地方两个未曾听说过的商家给我寄来一些小册子，指导人们成功种植室内球茎花卉。西德纳姆先生格外乐观地指出，虽然历史上也曾有种植失败的例子，但所有那些失败都可以归结于一个原因，那就是客户忽视了载于本书第 22 页的关键手段。我急忙翻书到第 22 页，悉心研究了一番，结果发现其中的要义就是：要想成功栽植“西德纳姆先生特种花卉”，你必须购买“西德纳姆先生特制养料”。

对罗伯特说起这事，他态度明确，反对我在这方面再做任何尝试。他不可避免地说起我去年 11 月的惨败。我试图与他争辩，但想不出很好的理由。打算星期天在教堂礼拜的时候再向他提出此事，或者找其他一个类似的不适宜夫妻争论的场合，再跟他研究此事。

8 月 3 日 罗宾与他父亲之间有了分歧，争议的焦点是，他应该在什么地方吃晚饭。罗宾说，所有与他同龄的男孩都在家里的楼下饭厅里与大人一起进餐。对此罗伯特只是简单地回答说，那是因为他们的父母都非常愚蠢。我私下认为罗伯特言辞过激，对孩子用词不当。最后大家达成了一个谁都不满意的妥协方案，就是每天晚上罗宾可以到饭厅里与大人一起喝汤，然后就上楼去吃他的童餐，然后再回来与大人共进甜点。整个晚餐期间罗伯特都心怀不满，沉默不语，我则来回不停地与他们父子分别聊天，对两人所讲的话题自是截然不同。

（有时履行妻子和母亲的职责真的很辛苦。）

事情还不止如此。妹妹维姬认为自己受到了冒犯，为什么她不能到楼下与大人一起喝汤吃甜点？在她的想象中，我们在楼下，就像古罗马将军卢库勒斯那样大宴宾客，而她被无礼地排除在外。维姬的反叛受到了法国小姐的暗中支持。我实在佩服维姬，她日复一日，锲而不舍地质问：为什么她不能跟大人一起吃晚饭，不能晚点儿睡觉？我也很佩服自己，针对维姬每一次的质问，我都耐心地给予一个完全相同的答案：你才六岁，年龄太小，孩子乖。

天凉了，让人感到不适，我就此发了几句感慨。罗伯特坚持说，天气其实挺暖和，我只是缺乏锻炼而已。我早就留意到，男人们有一种奇怪的不良倾向，那就是在任何时候，如果你提起生活中的一些轻微病痛或麻烦，他们绝不会嘘寒问暖、表示任何同情。

我整天都在追着孩子们问：草地太湿了，不该坐在那里吧？你们是不是都该穿上羊毛衫啊？对于所有这些询问，孩子们总是回答：我们都热得冒气了！非常想了解有关这种现象的科学的心理学研究。下次再有与知识分子社交的场合，可以提出这个话题。当然，看眼下事情的样子，下次碰到个知识分子还不知道是什么年月。

厨娘说，厨房里忙不过来，需要帮手，否则活儿就干不下去了。我认为她的说法不合情理，将会导致无谓的开销。我也清楚地知道，每年这个季节，几乎不可能雇到佣人。所以我又听见自己在那里以一种虚伪的愉悦腔调回答说：好，好，让我看看有什么办法。我因此痛恨自己。佣人们真是把我们这些人都变成了懦夫。

8月7日 本地花展开幕了。大家身披博柏利雨衣，行走在潮湿的草地上，彼此之间絮叨着：这天气也算不错了，其实可能更糟的，比如上个星期西沃明顿举办展会，那情景真凄惨。展会让我想起了美国演员露丝·德雷珀对这种乡下事情的讽刺性演绎，但我努力不去想它，避免负面的情绪。我们牧师的夫人带我去看学校孩子们的缝纫手工作品，我跟她来到相关帐篷旁边，看见周围的摊位上堆满了洋葱、海棠以及其他蔬菜和花卉。我正在打量着一件绣着紫罗兰图案的粉色棉质女式背心，一个我不认识的男童急急忙忙地跑过来对我说：那个小女孩在荡船里难受了，叫她下来，她不下来，您可以去看看吗？我立即动身过去，牧师夫人跟在身后，边走边说：孩子肯定是中暑了（拜托，这可能吗）。牧师夫人又说，这种荡船不管怎样都很危险，在她以前住过的地方就曾经发生过一次可怕的事故，整个荡船脱线，直飞出去，摔死七个人，还砸伤了许多观众。这些话让我担心，不过我们到了荡船那里，只是看到维姬脸色发绿，双手紧握荡船的绳索，拒绝放开。地面上有两个成年男人在那里不停地对她吆喝：小姑娘，下来吧，小姑娘，下来吧。在他们旁边，法国小姐表情激愤，两手紧攥着，不停地来回走动，嘴里嘟囔着种种高卢词句，其中涉及许多圣徒的名讳。罗宾躲得远远的，来到一匹身披红色绶带的驮马旁边，装作对这动物仔细端详的样子。

（留意：看来罗宾跟他父亲的行为还是有相似之处的，虽然人们经常忽视这一点。）

我严厉而又简洁地对维姬说：你现在就下来，否则一周之内你都得早早上床睡觉。很不幸，就在这当口，附近的铜管乐队卖力地演奏起《希望与荣光的土地》。为了能让维姬听到我的警告，我只能大声喊出我要说的话，而且一连喊了三遍，在这过程中自然也就很难照顾到自己的仪表。等我放着嗓子叫喊过了，身边已聚集了一大帮看热闹的男女老少。荡船终于被停到了静止位置，周围的观众发出了巨大的喝彩声。一位身穿格子衣服、头戴粗呢帽的工作人员把维姬从座位里抱出来，嘴里还唠叨着：好了好了，你这个勇敢的探险家艾米·约翰逊！围观的人群再次发出巨大的喝彩声。

维姬立即被法国小姐带走了，一秒钟也没耽搁。我们的牧师夫人说，小孩子们都是这样，当然这也可能是有那么一点儿生物碱中毒的因素——你还是跟我来，帮着裁判小花车竞赛吧。

在展会上遇到几位旧相识以及最近迁来本镇的潘克顿女士。潘克顿女士在镇子里买了一处小房子，我还未及过去拜访。她戴着夹鼻眼镜，据说曾经就读于牛津大学。我试图与她谈论我们的花展，她只是说整个情景让她想起陀思妥耶夫斯基。

觉得自己既不明白潘克顿女士的评论，也不想了解她是什么意思。直觉告诉我，这事没完，以后我还会听到潘克顿女士的大名，也还会听到她的陀思妥耶夫斯基。事实上，她明确地对我说，她是世界上最没有规矩的人，基本不在意什么礼仪。如果碰到她喜欢的事情，她立马就知道，谁也别想阻止她。她做事就是凭着兴之所至，如果她高兴，她很可能在别人吃早餐时就去探望，当然也不在意别人在晚饭之后到她那里去拜访。

我很难想象，早餐时的罗伯特会怎样对待潘克顿女士以及她的陀思妥耶夫斯基。我尽快转换了话题。

看到罗伯特与我们的牧师以及毗邻的一位先生站在一起，在打量一群马。牧师和那乡绅在谈论天气，罗伯特只是静静地站着。

回到家里时接近 8 点了，很奇怪地感觉身体疲倦。进屋时正好遇见两个佣人从房子里走出来，要去参加花展的晚间舞会。我的心略微一沉：不知她们把晚饭做得了没有。厨娘热情颇高地说，土豆在烤炉里，其他饭菜已摆在桌子上，只是希望家里的猫没有跑到餐厅里把黄油吃掉。晚饭后洗漱一番，法国小姐把孩子们送去上床睡觉，我就过去给他们朗读《杂林别墅的故事》。

（疑问，只是象征性的疑问：非职业妇女，如果结了婚、有了孩子，往往就被描述成“闲暇”人士，为什么？我们很闲暇？想不出这有什么道理。）

8月8日　极其糟糕的一个下午，一直都在应付来访的潘克顿小姐。她上身穿着一件蓝色手织套衫，前面宽，后面窄；下身是一件很短的裙子；头上还戴着一顶小得不能再小的贝雷帽。她用一个很大的烟嘴抽烟，并且跨坐在沙发的扶手上。

（注意：那沙发扶手不是为人骑坐而设计，它在潘克顿女士的重压之下几次发出可怕的吱呀劈裂的声音。一定要记得检查一下，看看是否需要修理。如果——如果！——此君以后再来，一定要及时诱导她坐在其他什么地方。）

我们两人的谈话极富文学性和学术性，只不过我本人的贡献局限于不时地说一声："呀，这书我还没看过"，"这书已在我的必读书单上了，但是书还没有寄来"，如此等等。这种单向交流不知进行了多少小时，然后潘克顿女士就突然变得跟我很熟悉了。她说，看起来，你是个生活中没有得到满足的女人。这一点我自己倒也经常想到，但这女士竟然直接这样对我讲，让人不禁怒火中烧。潘克顿女士或者完全没有注意到我的愤怒，或者她注意到了而完全不在意，只管沿着她的思路畅谈下去。她说，你是否意识到，你没有权力让自己变成一个整天呆在家里、依赖别人的怪物，唯一的兴趣就是育童室和厨房？比如说（她提高了嗓门质问道），过去两年里你读过些什么书？对此我怯怯地回答说，我看过安妮塔 · 卢斯的《绅士喜欢金发女郎》。

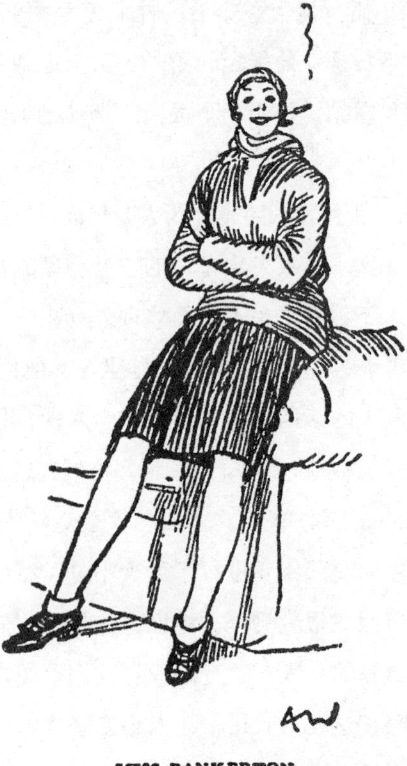

MISS PANKERTON.

潘克顿小姐

很不幸，这是我当时唯一能想到的一本书。还好，就在这时罗伯特走了进来，佣人也过来上茶。此后的谈话既困难又奇特。潘克顿女士谈起 N.U.E.C.（天晓得这是什么，但我装作很懂的样子）以及印度的局势。罗伯特听着，或者一言不发，或者简洁而决绝地否定潘克顿的说法。潘克顿女士终于起身告辞，临走时说，她拿定了主意，一定要把我身上的各种古老的甲壳化石彻底清除干净，所以她跟我很快就会再见面的。

8月9日　一辆看上去很昂贵的的巨大红色轿车驶到门前，送来了罗宾的小朋友亨利。把亨利放下之后，小孩的父母很快地打量了一下我们的房子、花园、我本人以及我的孩子们，然后就急速驶离了。（这个我也理解，他们比预约的时间早到了，我和罗宾以及维姬正在花园里玩那个叫作“野蛮兽类”的游戏，所以我们母子三人都是一幅衣衫不整的狼狈样子。）

刚到的亨利衣裤整洁，一尘不染，穿着灰色法兰绒外套，还系着红色领带。不过，他的父母刚刚离去，他马上就把身上的正装扔到了一边，加入了我们家的破衣烂衫大军，而且同样地大喊大叫，一点儿也不认生。不知为什么，罗伯特就一直记不住这孩子的名字，不断叫他弗兰西斯。（弗兰西斯？这有什么渊源？我对此无从解释。）

两个男孩都到楼下饭厅与罗伯特和我共进晚餐。我们吃惊地发现，亨利可以滔滔不绝地谈论快船、飞机和潜艇，整个晚餐都是如此，真是让人广见闻、长知识。不过到了就寝的时候，我的心又安定下来，因为亨利穿上他的蓝条纹睡衣，看上去就是个幼童，而且他还特别要求，把他卧室的房门开着，这样他可以看到楼道里的灯光。

我又回到楼下，婉转地询问罗伯特（婉转地，因为我知道他的答案很可能就是拒绝），下星期他是否可以带我、法国小姐以及孩子们到海边去玩一天。我还做出颇为乐观的样子，说我们可以邀请一两个朋友与我们同去，在外面野餐。罗伯特马上恐慌起来，说，真有这个必要吗？不过，经过一番讨论，罗伯特让步了，他只是说，那就看天气情况吧。

（我估计，在我们交谈之后，罗伯特就一直在暗暗祈祷老天降雨。）

8 月 10 日　我在邮局里，突然透过窗子看到了潘克顿女士。我非常认真地考虑了我是该马上蹲到柜台下面，还是该赶紧躲到邮局后面的房间里。但是这两个计划我都不能执行，因为身边有孩子。况且邮局的女局长正在对我讲一个有趣的事情，就是上周本地法院做出了一个重要判决，准许女王之首那家铺子的老板娘 W 女士与其丈夫分居。女

局长正说到，众所周知，有一次，W 先生把一个盘子（上面绘有廷茅斯港图案）甩过一个房间（女局长表情生动地强调说，真的是甩过一个房间，就是从一面墙到另一面墙）——就在这时，潘克顿女士进来了，身后跟着两条牧羊犬以及两个细腿男孩。

两个细腿男孩是潘克顿女士的外甥，刚到此地访问她。进了邮局，潘克顿女士就让外甥们去找罗宾、亨利和维姬一块儿玩，结识新朋友。闻听此言，两个细腿男孩、罗宾和亨利的眼睛里马上露出对另一拨人的厌恶。可惜小维姬不作此想，她朝着较高的那个外甥傻傻地笑，但那男孩对她不屑一顾。潘克顿注意到亨利的存在，马上对我说，这也是你的孩子吧，眼睛长得跟你一模一样，到哪里我也看得出来。没有人纠正她的错误，我心里略感不快，因为我觉得亨利这孩子其实长得比较平庸。

这时女局长过来圆滑地打岔，她对我说，你在问这套邮票是否需要两个先令，通常我们收三个先令，请你原谅。我原谅了她，解释说我身上只剩下两个先令了。局长说，没关系，下次哈罗德去你们那里送信时，让他再收一先令就好了。我同意了这种安排，同时像生铁一样冰冷地无视潘克顿女士在我身后的评论——她在说，哎呀呀，这乡村生活场景，简直就是哈代的小说！

两家人都从邮局里走出来。较小的那个潘克顿外甥突然说，有一次在他们家，楼上浴室的水一直流到楼下的餐厅里。维姬说，真的啊？然后大家就又都陷入了沉默，直到潘克顿女士对另一个外甥说，你不要那样摆弄狗的尾巴！那外甥吓了一跳，说：为什么？潘克顿女士严厉地回答：诺埃尔，够了！

（备忘：人们交谈的礼仪习惯有时非常奇怪，特别是有小孩参与的时候。）我有时会想，人在什么年龄认识到谈话应该具有前后的连贯性？我又想了想，觉得也许人们从来也不曾认识到谈话应该具有连贯性。自己在心里斗争了一会儿，考虑是否应该与潘克顿分享自己的这个发现，但终于还是确定不说为好。况且，潘克顿小姐正在议论 H. G. 韦尔斯，很明显不想被别人打断。她正在说：何等的荒谬，竟然将萧伯纳与韦尔斯相提并论（不知谁这样比较了，反正不是我）。这时她的一个外甥和亨利开始打斗，彼此踢对方的小腿，潘克顿女士只好终止她的演讲，告诉两个孩子“够了！”。那个外甥情绪激动，对潘克顿女士说：告诉他们，我的名字不是诺阿，是诺埃尔！大人们于是对此进行了相应的澄清。但这澄清肯定无济于事，对于他身边的几个同龄人来说，诺埃尔的名字还是“诺阿”，将来也永远如此，而机灵的亨利会因为他的这一俏皮发明而永载史册。

可惜潘克顿女士不觉得这事有一丁点儿好笑。为了转移她的注意力，我做了件非常鲁莽的事——我邀请她和外甥们参加我们预定下周在海边举行的野餐。

（问题：从表面看，生活中许多的建议和邀请好像都是正常发生的，但如果人们仔细考察这些建议和邀请背后的实际动机，也许会有不少有益的发现？答案：这样的发现也许有益，但在许多情况下也会让人十分痛苦。有鉴于此，对许多事情最好还是不要刨根究底。）

我们与潘克顿一伙人在十字路口那里分手，可惜在那之前潘克顿女士已经接受了我让他们参加野餐的邀请。她追加说，她的弟弟届时会来探亲，她还有一个搞创作的朋友，他们都可以一同参加野餐，希望不要嫌乎人多。我说，不会的，当然不会的。（同时心里想，原来自己还在考虑，是否应该再买六个盘子和陶瓷茶杯，拿不定主意，这下没有什么好踌躇的啦。除此而外，还需要再购置一个暖水瓶，否则到时绝不敷用。）潘克顿女士说，那就太好了——另外，我们是否应该自己带些三明治呢？对于她的这一询问，我只是发出一声尖叫，表示她怎么可以这样想，让人难以置信。她说，*真的呀*？我回说，*当然了*。与她的询问一样，我的答复也使用了着重语气，两个句子只是抑扬的声调不同。我们就此道别。

罗伯特说，他不能理解为什么我要邀请潘克顿他们参加野餐。我控制住心中的郁闷，没有脱口而出：“我也不想！”小童亨利给我们大讲水压升降机。

让孩子到楼上洗漱，准备吃午餐。随后我叫了他们几次，让他们抓紧，不然午饭就要晚了。结果，在过了预定的午餐时间差不多十分钟的时候，女侍格莱蒂斯“哐”的一声敲响了饭厅里的铜锣，这让我有些生气。午饭过程中，在吃薄荷沙司烤羊肉的时候，我一直在想是否应该对格莱蒂斯表示我的不满。等到水果沙拉上了桌，我就把上面的事情忘记了，因为厨娘做沙拉时灾难性地省略了香蕉，只是加了些罗甘莓充数。

8月13日　我向厨娘交代了野餐的事情。提到人数的时候，我说“估计有十个人”。我觉得这样好像比直接说“十个人”的冲击力要小一些。但厨娘并不那么好糊弄，她马上宣称，她很清楚，家里根本没有足够的材料能做出给十个人吃的三明治；肉食店要到后天才会送肉过来，而且那将是些腔骨肉，用来做爱尔兰炖菜的。我意识到眼下就是与厨娘一争高低的关键时刻，于是对她说：“荒唐！”我对她说，她应该立即从农场订购鸡肉，烧好放凉，用来做三明治。我的严厉态度让厨娘和我自己都感到意外。厨娘还试图争辩几句，说什么那分量也还是不够等等，但她的这几句话已明显地缺乏底气。我看到自己占了上风，就不失时机地巩固自己的地位，指示她可以用罐头肉和煮鸡蛋作为鸡肉的补充。厨娘的气焰被彻底打了下

去，我以胜利者的姿态走出厨房。就在那时，在走廊里站着的维姬以铜号般响亮的声音问我：妈咪你知道吧，刚才你把烟头乱丢，扔到客厅的炉栅里，现在那里起火了。这话厨娘肯定听见了。

8月15日 野餐处处出错，实在悲剧。从一大早开始，事情就不顺利。头天晚上，罗宾和亨利突然决定要在庭院里的凉亭里过夜。这凉亭我和法国小姐倒是给他们布置过的，法国小姐还在里面的桌子上摆放了花瓶。到了凌晨两点，罗宾和亨利决定还是回到房子里睡觉为好，两人就从开着的书房窗户里爬了进来。亨利两手抱着几个大毯子上楼，把自己绊倒了，摔了一个大跟头。罗宾踢倒了楼道里的板凳，还踩着了家猫海伦·韦尔斯。

罗伯特和我都被惊醒，出来查看情况，罗伯特当然非常恼火。法国小姐也出现在楼梯口，身着轻薄化妆衣，头上裹着一方小小的灰色头巾。当她看到穿着睡衣的罗伯特时，惊叫一声，扭头跑回了自己的房间。（法国人活得挺纠结，有时那么开放，有时又那么保守。）

亨利和罗宾都急着解释他们的行为，但我们不想听什么故事，就是告诉他们赶快上床睡觉。我从楼道走回自己的卧室，听到维姬房间里有动静。她已经被吵醒，在那里问“我可以过去吗”。渴望休息的生物本能轻易地战胜了我作为母亲的爱意，我决定径直回到自己的卧室去，让法国小姐去跟维姬打交道。

回到自己的房间里，觉得这一天起始的兆头不好，但还是睡着了，直到天亮时格莱蒂斯把我们叫醒。她比预定的时间晚了十分钟，但她对此一字不提，罗伯特也没有注意到这一点。

天空灰蒙蒙的，但看上去好像也不会太糟，温度计也显示气温没有剧降。我们准备妥当，就看到潘克顿一家过来了。潘克顿女士身穿博柏利雨衣，头顶绿色针织帽，还戴着一副其大无比的黄色手套。她开着一辆体积庞大的福特车，但车子还是挤得要爆棚，里面坐着她的外甥们、牧羊狗们，外加两个男性成年人：一个是潘克顿的弟弟，来自温哥华；另一位是潘克顿那位从事写作的朋友，他身材细长，脸色苍白。潘克顿女士把从事写作的年轻人唤作“扎斯珀”，口气上就好像那人归她所有似的。

（直觉告诉我，罗伯特和扎斯珀之间很难有什么共鸣。）

大家像往常一样象征性地议论了一下天气，然后花了很长时间讨论怎样分配车子里的座位。孩子们都想跟自己的家人坐在一起，只有亨利除外，他说，租来的那车看上去更棒，问可以坐在那车的副驾位置吗。潘克顿小姐带来的牧羊犬把事情搞得复杂了，罗伯特建议把它们在室外狗窝里关一天。潘克顿女士说，这会使狗狗们悲伤心碎的，让它们待在车子后座随便什么地方好了。（这两只狗后来“随便”地坐在了法国小姐的脚上。法国小姐看上去非常的无辜和无助，她问我身上是否带着科隆香水。我当然没有。）

同往常一样，野餐篮子重得要命，里面的保温瓶横七竖八，一路上把我们的腿磕来碰去。（我即兴引用《约翰·吉尔平趣事》里的诗句来描述我们在车里的窘况，应该说用典非常恰当，但是没有人对这个感兴趣。）

我们从家里开出大概十英里之后，天就下起雨来，而且一直没有停歇的意思。我们停住车，讨论对策。一帮人很快分成了两个派别。以潘克顿小姐为首的气象学家们认为，我们马上就要开出雨云区了；与之相对的一派则认为，我们正在开进雨云区，这一派以温哥华来的弟弟为首，并有罗伯特的强力奥援。不出所料，潘克顿女士赢得了争论，我们继续驾车前行。然后就发现我们真的是在开进雨云区，我们越往前走，这一点越发清楚。等我们到达野餐目的地之后，我们进入雨云区如此之深，我觉得我们从此再也走不出去了。

还好，出发前罗伯特租了三座浴棚，于是我们把帐篷搭起来，躲在里面野餐。这让孩子觉得非常好笑，他们高兴地在棚子里闹来闹去，让人不得安生。潘克顿小姐对罗伯特谈起现代化的丁克同居生活方式，罗伯特对此默然无语。扎斯珀与我谈论起作家詹姆斯·埃尔罗伊·弗莱克，

JAHSPER.

扎斯珀

问我有何看法。我记不得詹·埃·弗都做过一些什么事情，于是就说此君在诸多方面异常出色（我想他肯定是的）。扎斯珀对我的回答似乎满意，随后就吃起他的番茄三明治。孩子们缠着大人解答他们的谜语（都是些老旧愚蠢的谜语），潘克顿小姐不胜其烦，对他们说，你们看看外面雨停了没有？雨当然还没停。我觉得必须把孩子们与潘克顿小姐分隔开来，对罗伯特悄悄地说，雨停了也好，没停也好，孩子们都必须到帐篷外面去玩。

孩子们就出去了。

潘克顿心情好了起来，变得非常健谈。她对扎斯珀说，我给你讲过，英国的家庭生活仍然保留着可观的维多利亚时代的陈旧习俗，现在你能够理解我的话了吧。听潘克顿女士讲起这样的话题，她从温哥华来的弟弟表现出不耐烦的样子，也转身一头扎进大雨里去了。扎斯珀回答说，系地，系地，还叹了一口气。我装作找一个盘子，到处翻腾着，以便转移人们的注意力。

孩子回来洗浴，搞得到处都是水，然后才擦干身上。法国小姐预言他们都会得肺炎并因此死掉。然后我们就都朝车子跑去。有一只狗不见了，后来在大雨里找到。浑身湿漉漉的狗跳到维姬、亨利和潘克顿一个外甥的腿上。我也没有精力抗议，大家就这样驱车回府。

到家后，我积极邀请潘克顿小姐、温哥华弟弟、两个外甥以及两条牧羊犬全都进来喝茶暖暖身子，他们很识趣地谢绝了。主随客便，我不再坚持，如释重负地看着他们离去了。

（不安地想到，我的待客之道好像取决于自己方便与否，这不太合适，但事情就是这样。）

应该说，这一天罗伯特从头到尾都表现得比较坚毅宽容，我们回到室内后他也只是说了一句“好啦！”，当然他这话说得颇有意味，给人言犹未尽的感觉。

8月16日　早餐时罗伯特突然问道，那个看上去挺让人烦的家伙，他有什么正经工作挣钱吃饭吗？本能告诉我，他指的是扎斯珀，不过对此我也一无所知，所以不能很好地回答他的问题。我说，扎斯珀写作。罗伯特觉得这不算什么正经事。他甚至说，希望昨天的大雨让那家伙完蛋了。我不清楚他是希望扎斯珀从这个镇子上，还是从这个地球上彻底消失，也不想再问。我倒是问了罗伯特，我们昨天的经历是否让他想起罗莎蒙德，就是玛利亚·埃奇沃思的小说《欢乐野游》里的那个姑娘。这问题没有得到罗伯特的任何回应。我们的交谈——如果这也算交谈的话——又退化到对咖啡的抱怨以及在本地购买上乘熏肉的困难。我们这个富有营养的谈话被罗宾打断了，他走进来，毫无预警地说：“难道海伦·韦尔斯又要下崽了？厨师刚才说的。”

我希望罗宾没有听到他父亲脱口而出的那句诅咒。

8月18日 大雨滂沱。维姬、罗宾和亨利只能在室内玩，我同意他们可以从我的衣柜里选些衣服作为他们的戏装。他们自己玩，我在写字台前可以有半小时的空闲时间。我首先致信面包师，告诉他，我们收到的褐色面包质量欠佳。又跟露丝联络，用了一个带有剑桥图画的明信片（很奇怪这明信片是从哪里冒出来的）。又联络罗宾学校校长的妻子，主要是讨论长筒袜，再就是通知她，罗宾以后用拳击替代舞蹈课。看到一封来自弗罗比舍夫人的便函，说如果我和罗伯特过去喝茶，她会非常高兴，趁着她家花园里还有点儿可看的。（不想直接对她说，如果花园里没有什么可看的，那反而更好一些，那样我就可以安稳地在室内喝茶了。当然话不能这样讲，我于是再次撒谎，为了文明礼仪的缘故。）

还剩一封信，信封不厚，但宽大齐整，上面印有紫色线条，为的是避免人们偷窥信的内容。（其实这怎么可能，芭芭拉·卡拉瑟斯夫人——也就是我们早先的芭芭拉·布伦金索普小姐——她的字迹，任何人都难以辨认。）正在这时，门铃响了。

我马上想到这可能是鲍克斯夫人，于是在心里飞快地组织思路，怎样最精彩地讲述我在法国南部度过的假期——不要提自己在那里待了多长时间——度假时结识了诸多社会名流，特别是露丝的朋友子爵夫人。虽然比较着急，还是用口袋里的梳子整理了一下头发，照了照镜子，还用放在书桌抽屉里应急用的白粉扑了扑脸。（过后好久才发现，白粉扑得太多了。这让我再一次认识到，人不能像其他人一样看到自己，其实是极大的幸事，虽然那个苏格兰诗人罗伯特·彭斯对此有不同见解。）

门开了，被引进来的是潘克顿女士，她身后跟着扎斯珀，脸上带着不那么情愿的神情。潘克顿小姐身上披着一件军式斗篷，头上还像往常一样戴着她的贝雷帽。这样两件服饰结合在一起，让我看着挺稀奇。我不想让她斗篷上的雨水滴在家具上，就请她把斗篷脱下来。她解开斗篷，以戏剧中那样夸张的方式把斗篷向后一甩。（也许她最近刚在影院看了《三个火枪手》？）她这样做的时候，斗篷飞起的一角沉重地打到了扎斯珀的一只眼睛。潘克顿小姐对此不以为意，但扎斯珀看起来很疼的样子，并因此陷入深深的忧郁和沮丧，此后好久一直用丝绸手绢捂着自己的眼睛。我因此有点儿分心，打算问问扎斯珀要不要用水冲冲眼睛，但后来想到那就要带他去浴室，而那里可能没有打扫干净，于是作罢。在考虑上面事情的时候，我同时试图以一种聪颖的样子聆听潘克顿小姐的言谈，那会儿她正在大谈作家普鲁斯特。

然后不知怎样，潘克顿女士开始议论起人的姓名。她说，所有与花有关的名字都很荒谬。我意外地听见我自己挑战她这个观点：我觉得“露丝”，也就是玫瑰，是个挺漂亮的名字，我有一个朋友就叫露丝。对此潘克顿小姐不无道理地说，你有这么个朋友跟这事的基本原则没有关系。对此，扔在揉搓眼睛的扎斯珀非常严肃地插话说，只有俄国人才真正懂得命名学的奥秘。我又吃惊地听见自己接过话头说：比如他们富有创造性的名字“伊万·伊万诺维奇”？我自己举出的这些反例大概真的跟他们谈到的高深学问没有关系。更不幸的是，我后面那句话让潘克顿女士想起她最热衷的题目，陀思妥耶夫斯基。我没有能力讨论这个话题，也不想听别人就此说些什么。

罗宾出人意料地闯进客厅。他身上披着我的皮草大衣，脚底下跌跌撞撞，头上顶着我的有檐草帽。跟在他后面的亨利身裹蓝色日本和服，围着法国小姐的几条围巾，双手举着皮毛手套，头上是一个极不搭调的猩红色校帽。维姬只穿了一条绿绸灯笼裤，头上歪戴着一顶很大的、不知哪里找到的黑色呢帽。

我们吃惊地看着这三个打扮得稀奇古怪的孩子，直到维姬泰然自若地走上前来，雅致有礼地说：“诸位可好？”并与潘克顿和扎斯珀先后握手。我缓过神来，急忙对客人解释说，他们只是在玩装扮游戏。

维姬对两个客人提起最近大家一起参加的那个野餐，

但潘克顿和扎斯珀仍然僵在那里，没有什么反应。我想了一下，才明白这是为什么——维姬戴着的那顶黑色礼帽属于扎斯珀，刚才放在外面走廊里，现在被维姬征用了。我向客人一再道歉，孩子们嘻嘻哈哈地傻笑。潘克顿女士的眉毛耸得不能再高，以一种不以为意的清高态度走到书架那里浏览书籍。扎斯珀嗫嚅着说：没什么，没关系。他接过维姬递给他的礼帽，心情焦虑地用两个手指试图弹去帽子上的灰尘和污迹。

客人们说，他们该走了。我松了一口气。潘克顿女士说，他们不想错过无线电台的约翰内斯·勃拉姆斯协奏曲。

我匆忙地说，这样的曲目可不能错过，同时就招呼罗宾为客人开门。我们正走在廊道里，女侍格莱蒂斯兴之所至，“哐”的一声敲响了招呼午茶的铜锣。没办法，我只好对客人们说，也许你们可以留下用茶？潘克顿小姐说，谢过，她从不在午饭和晚餐之间吃东西。扎斯珀假装不曾听到我说什么，没做任何反应。

两位客人勇敢地冲进外面的瓢泼大雨。出门之前潘克顿小姐又以非常夸张的动作披上她的斗篷。这一次扎斯珀本能地向后退缩了一下，与潘克顿保持安全距离。两人走出去，在雨中飘动的斗篷似乎在放肆地嘲笑扎斯珀手里举着的那个雅致的小小雨伞，那伞只是勉强盖住了他那顶黑色呢帽和他本人。看到客人走远了，罗宾用一种厌烦的语调对我说：你喜欢这些人？我觉得这个问题以不回答为好，只是告诉孩子们赶紧洗漱干净，准备吃茶点。像往常一样，还是要先与他们争论一番有无洗漱的必要。

（备忘：以前考虑过致函《泰晤士报》，询问一下，历史上有没有任何时候父母与孩子在洗漱这类问题上曾经意见一致过？这个问题比他们报纸上讨论过的许多其他话题都更有吸引力。）

8月25日　西德纳姆花卉公司的行为让我心烦。他们此前给我寄来小册子，以非常紧迫的口气提醒我，尽早订购球茎花。我听从了他们的建议，早早寄出了订单，尽管为了迎接节日，我还有许多其他事情要忙。现在他们发来一个明信片，说什么“一旦有货，即行发送”。实在想取消这个订单，其中包括十二支白色花、一打混合早成花、六支精选花，外加半个蒲式耳的纤维、苔藓和木炭。但现在取消这个订单也不合适，因为自己已经从沃尔沃斯百货商店购买了各色新式盛具，用来替换过去使用的老旧花盆、伤痕遍体的搪瓷缸、大号红色玻璃果酱盘、祖母遗传下来的绘有青色东方图案的洗脚盆。

小亨利在我们家度假结束，要走了。他说他在我们这里很愉快，我希望他是实话实说。罗宾与他一起出发，他要去索尔兹伯里，到那里的一个小朋友家里住上一段时间。

那个小朋友的叔父会在车站迎接罗宾。

（问题：为什么很多其他家庭都有亲戚这样那样帮忙？我觉得，如果我们提出类似的请求，罗伯特的弟弟威廉或者弟媳安吉拉都不太会应从。他们会想，让我们去索尔兹伯里或其他什么地方去接一个并不认识的小孩子？）

维姬、法国小姐和我站在廊道门口向亨利和罗宾挥手送别——外面当然还在下雨。维姬好像有一点儿沮丧，因为两个孩子走了，她留在这里。法国小姐的表现更加渲染了这种萎靡的情绪——她送行之后回到屋里，感叹说："On dirait un tombeau!" ["这屋子真像座坟墓！"]

下午到达的邮件里有芭芭拉的一封来信，发自喜马拉雅山。我吃惊地意识到，芭芭拉的上一封来信我还没有读——自己很忙，芭芭拉的手写体实在让人难以辨认，再加上她在信里一再提及她在那边有土著仆人，如何如何，让我略有不快。我心怀愧疚地打开了刚刚收到的这封信，欣慰地看到此信不长，也没再讲土著仆人之类的事情。而且来信提供了一个重要的有趣信息，尽管亲爱的芭芭拉只是委婉地暗示了这一点，但那意思还是明白无误的。我向法国小姐透露了这个信息，她说："Ah, comme c'est touchant!" ["啊，这真是让人感动！"] 然后她就用手帕擦拭自己的眼睛——我觉得她后面这个举动有点儿夸张。

我向罗伯特通告了这个消息，他的表现则是另外一个极端，只是说“是吗”。与此相较，我们的牧师夫人专程来访，就是为了与我探讨芭芭拉究竟会生个男孩还是女孩。牧师夫人还建议，我们两人应该马上去见年迈的布伦金索普太太，向她道喜。我提醒牧师夫人，芭芭拉在信里约定了让大家暂时保密。牧师夫人说，对，对——她太高兴了，几乎忘记了这一点——不过年迈的布伦金索普太太也应该知晓此事，不是吗？——当然，也许亲爱的芭芭拉不想让她母亲知道我们已经知道了此事，起码在目前这个时候。然后牧师夫人引用了15世纪基督教学者托马斯·肯皮斯的一段话，告诫人们应该时时谨慎行事。不能出去向布伦金索普太太贺喜，牧师夫人就留下来跟我说话，与我讨论了许多相关话题，包括喜马拉雅山区的教育状况，卡拉瑟斯家族鼻子的形状（对此我们两人都表示不敢恭维），以及生育双胞胎的利与弊。牧师夫人谢绝留下喝茶，但开始谈论有关阅读的一些事情——她说她喜欢拿在手里有分量、有质感的书籍。这让我想起玛丽·莱茵哈特的系列著作《私家女侦探》，但牧师夫人对这套书持保留态度，她比较温和地说，这书还没有经受时间的考验，不好下定论。她再次谢绝留下用茶点，说她真该走了，然后就坐下喝茶了。茶后她又陪着我在草坪上散步，跟我讲起鲍克斯夫人在镇子会堂购地问题上令人难以容忍的行为。同往常一样，这个话题进一步加深了我与牧师夫人的友好关系，之后我们两人才热诚地彼此道别。

8月29日 野餐；厨娘忘记了放盐。罗宾访问的那家女主人发来明信片，告知我们罗宾已顺利到达。但那女士没有提到罗宾的行为如何，给人的印象如何，这让我心中有些不安。

8月31日 在读小说《爱德华时代》，是薇塔·萨克维-尔韦斯特的作品。好像所有的人都在几个月之前就读了此书，这让我觉得自己必须看一下。事实上，我看得挺开心。记得许多年前我曾经跟萨克维-尔韦斯特一起上过舞蹈课，在皇家艾尔伯特大厅。当然，要是我向别人讲起此事，大家都会认为我是自吹自擂——他们说的也没错，我正是如此——所以这件往事不提也罢。况且舞蹈从来都不是我的强项，那次在艾尔伯特厅的表演也很平庸，被人遗忘了也好。很高兴地收到罗宾发来的一封信，虽然这信还是很短，只讲到他所住人家的宠物，计划中的乘艇出游（届时他要从船上跳入水中），其他就没有了。我一一回应了罗宾讲到的每一件事，但没有直接要求他再多写一些。我是现代的家长，不想追着孩子询问他们生活中的每个细节。

9月1日 车站通知，有我们的一个邮包。我马上猜到这是自己的球茎花到了，一起到达的还有养花用的纤维、

苔藓和木炭。我让罗伯特今天下午出去把包裹取回来，但他不那么积极，说等到明天，那时他要去车站迎接罗宾和同学，可以把事情一起办了。

（备忘：男人与女人有一点很不一样——男人做世界上任何一件事情都要拖延再三，大概就除了两件事，到餐桌吃饭和晚间上床就寝。我曾经在一个廉价文物商店看到过一种手绘的座右铭，上面写着“时不我待”，很想买这么一个座右铭，作为礼物送给罗伯特。不过，自己知道这种举动将无助于我们夫妻之间的和平，所以这事我也就是想想罢了。）

认真考虑了这一次应该怎样养好球茎花。在阁楼地板上铺下报纸，准备迎接即将到来的花卉和花盆。也拿定了主意，这次一定要仔细记录自己所有的操作及其效果，以便作为将来的指导。为此需要一个记事本，在家里翻来翻去，无意中发现一个绿皮小本子，其中头两页有我写下的一些字句，其中很多缩略语，无头无尾，不知说些什么。花了些时间，试着解读自己当时的意思。比如“Kp. p. in sh. twice p. w. *without* fail”，又如：Tell H. *not* 12 “ by 8” Washable f.c. to be g’d。挣扎了一阵子，破译完全没有结果，只好放弃这个努力。把本子里的头两页撕掉，用大字写上球茎花以及明天的日期。

9月2日　罗伯特接回了罗宾和他的同学米基·汤普

森。但罗伯特竟然忘记了取回球茎花。小米基长得挺精神，笑起来脸上两个酒窝，还经常笑嘻嘻的。

（备忘：人们有种说法，那就是妈妈们总是认为自己的孩子强过别人的孩子。这个说法很荒谬。比如我现在就可以轻易地看到并且坦白地承认，在长相、魅力和礼数各个方面，米基都超过罗宾和维姬。不过这一发现确实让我气闷。）

9月4日　米基·汤普森继续表现出他是个可爱的孩子，性格开朗，彬彬有礼，体格也很好。打听之后，我了解到他是个失去了双亲的孤儿。听到这一点，我丝毫也不奇怪——我过去就曾经注意到，没有父母的精心抚育，许多孩子反而出落得更好一些。球茎花还在车站。

9月10日　连日来一直有野餐、游泳，还开车去普利茅斯，到那里的咖啡厅买回冰块。法国小姐不断警告，孩子们会得大病，或者是胃，或者是肺，甚至是大脑，但她的所有预言都未应验。

9月11日　米基·汤普森度假结束，回家了。不过另外一件事更让我关注，罗伯特从车站取回了花卉公司发来的球茎花（还有那半蒲式耳的纤维、苔藓和木炭）。整个下

午我都忙着栽花，维姬和罗宾待在旁边，七言八语地提出各种建议。做完这件事，我把所有的细节都记入那个绿皮笔记本里。我正准备把所有栽好的花搬到阁楼里最为阴凉的角落里，维姬突然宣布，海伦·韦尔斯已在那里做了窝，有六个小猫仔。

大家因为家猫生仔激动了一阵子，我只好劝他们说，你们都镇静些，爸爸很快就回来了，他会奇怪你们为什么这么热闹。孩子们听从了我的意见，但我对他们的自制能力表示怀疑。出于不打搅海伦·韦尔斯及其家庭的人道考虑，我做了妥协，把球茎花放在阁楼里第二理想位置。

9月20日 邻郡的妇女协会干事长发信过来，她说她知道我忙于各种重要事务——我看她并不知道——但是有三个地方的妇女协会遇到些困难，还没有找到他们下个月月会的演讲人。干事长接下去讲到其他一些事情——她的儿子可能从巴塔哥尼亚回来探亲，但也可能不回来；她住在肯特郡布罗姆利镇的女儿身体欠安，但不要紧；她们妇女协会的会长不在家（她去外地照看一个家人，因为那年迈家人的女仆度假去了）。干事长说她有些手足无措，不知道如何是好。但是她显然知道应该联络我，并提议由我前往上述三个地方——奇克、小马奇、克里姆平顿——对那里的妇女协会演讲。她写道，实在没有其他办法，所以希

望我可以前去演讲。（为什么要说“实在没有其他办法”？）干事长的信另附了半张纸，列出了三个会议的日期、时间以及奇克与小马奇之间的公交时刻表，并告诉我说，从小马奇前往克里姆平顿的时候，在交叉路口那里会有那镇子上医生的姐姐等着接我。写到这里，干事长的情绪振奋起来，她宣布，当天晚上我可以住在克里姆平顿大宅，也就是莫德林·克里姆普夫人的家，这位尊贵的夫人古道热肠，一直慷慨地支持我们的运动。又及：你可以讲你所喜欢的任何题目。当然旅行这一话题总是很受欢迎。奇克的人们比较热衷于民间文学。小马奇的会员更关注手工制作。不过你可以讲你喜欢的任何题目。又又及：克里姆平顿那里还将有一个朗诵竞赛，你是否可以出任评判人？

我把干事长的提议考虑了一会儿，给她回信说，我乐意从命。我说，罗宾下周就要离家返校了，我正好需要做些其他事情，转移一下自己的注意力。回复了干事长的来信之后，我不经意地告诉法国小姐，过两天我会短暂出行，是受人邀请去巡回演讲。法国小姐乖巧地赞叹我的地位和成就。维姬问道：“妈咪，巡回演讲就像是小动物出去展览吗？”我觉得女儿的比喻比较怪异，虽然她的本意天真无邪。我回答说：“当然不像，跟动物展览一点儿也不像。”法国小姐过于殷勤地对维姬补充解释说：“巡回演讲就像是传经布道。”法国小姐的这个说法我也不能苟同，但未能进一步澄清，因为这时女侍格莱蒂斯走过来，请我去处理浆洗衣物的事情——送到洗衣店的棉质桌布原本是一对，现在只剩下了孤寡的一张。我随格莱蒂斯来到后门，见到身披白大褂的洗衣店伙计，与他就有关问题进行了长时间的讨论。不一会儿，家里的人都围聚过来，包括厨娘、花匠、法国小姐和维姬，另外还有一个不知姓名的小厮，应该属于洗衣店那一方。除了那小厮之外，所有的人都支持格莱蒂斯，只要她讲点儿什么，大家都异口同声地说："哎，没错。"看到这个情况，我就回屋里去了，让家里其他人继续争辩。看来办理任何事务都是需要时间的，因为过了四十多分钟之后，我才看到家里的老花匠从后门慢慢走回院子里自己的工作岗位，同时后门那边传来洗衣店车子开走的声音。

到阁楼上查看球茎花，没有观察到任何发芽生长的迹象。不知道是否应该再浇水？保险起见，浇了一些。把这措施仔细地记入了绿皮笔记本。

9月22日　鲍克斯夫人派信使送来一份邀请，让我和罗伯特今晚去她家参加宴会。她的邀请读起来更像是皇家御旨，也不想想这么晚的邀请会给别人造成什么不便。罗伯特不在家，我果断地做出决定，复函说，我和罗伯特今晚已预约有其他社交活动了。

(现在的问题：这是不是说，今晚自己要造访教区牧师的住处，在那里度过一个快活潇洒的夜晚，或者是去见年迈的布伦金索普太太和莫德表姐，大家坐在一起吃炸鱼肉丸子、喝可可饮料？想不出自己有什么其他选择。)

我拣起本书，《激情一家》，作者是 M. D. 希利亚德（应该是《时代与潮流》杂志的撰稿人之一？），作品挺有意思，我开始大声朗读。这时电话响了，我应声跳起，跑到餐厅里去接。（留意：应该注意克服自己的一个愚蠢而幼稚的倾向，那就是每当电话铃声响起，自己就不可避免地想到两种可能：[a] 中了大奖，或者 [b] 发生了什么重大灾难。)

拿起话筒，马上就听到鲍克斯夫人那独特的腔调，听上去就像是雌孔雀的鸣叫（自己知道这个比喻比较刻薄，但确实很恰当)。她说：你不要荒唐，今天晚上咱们共进晚餐，不许推辞。她又说，你们能有什么事情，最多就是什么社区委员会议吧，那就逃一次会好了。

各种奇妙但都不切实际的回复立即浮现在我的脑海里：本郡皇家代理官及其夫人要在我们家进餐，或者露丝的朋友子爵夫人眼下正住在我们这里，我们不能置客人于不顾，也不能带客人前往鲍克斯宅邸，又或者我跟罗伯特近几天的社交活动实在太多，今晚就想在家里休歇。我想到这些主意，当然没有说出口，然后就很气恼地听见自己在那里弱弱地说：罗宾明天就要返校了，我们觉得应该待在家里与他在一起。（这对我来说，可以是实际情况，但实在不能想象罗伯特会有这个想法。）不管怎样，我的说辞立即重新唤起了鲍克斯夫人一个钟爱的话题，那就是我是怎样一个模范母亲，她不失时机地就此又大说了一通。

总算与鲍克斯夫人通话完毕，确定不去赴宴。在家里阅读《激情一家》，心中非常气愤。

9月24日　为罗宾打点行装。翻箱倒柜，忙成一团，急切地把就学物品清单看了一遍又一遍。罗宾警告说，他走后，所有人都不许动他卧室里的任何东西（他的房间看上去像是一家正在整理库存的低级当铺）。大家都答应着说，会让房间保持原样，直到圣诞节。（这当然不可能。）

罗伯特开车送罗宾去车站，罗宾看上去像是个孤立无助的婴儿。维姬大哭起来，我让她立即住声。法国小姐干涉说："Ah, elle a tant de coeur!"［"啊，这孩子多有感情！"］她这话好像暗指我心肠冷酷。

10月1日　告诉罗伯特，我要短期出行，到奇克、小马奇和克里姆平顿，对那里的妇女协会演讲。他支应了两句，不是很感兴趣。我花了不知多少小时找出自己的演讲笔记，努力记住一些可以利用的轶事掌故，就是既有趣又

切题的那种。（既有趣，又切题，符合这条件的轶事掌故非常少。）

整理起了一个小包，但自己的妇女协会徽章不知放在哪里了。翻遍了书桌、卧室和客厅，没有结果。后来法国小姐终于找到了它，在一个装满丝袜的抽屉里。可以出门了，罗伯特开车送我到车站。我恳请他，在我出行期间照看一下那些球茎花。

10月2日 昨天晚上的演讲比较顺利，主题是业余戏剧活动。听众鼓掌欢迎，会议主席（名字未听清楚）对我表示感谢，大家再次鼓掌。随后乘公共汽车从奇克来到小马奇，当地妇女协会的助理干事长把我接到她家里，在那里过夜。助理干事长与我讨论了我们的运动。在布莱克普尔举办年会大概是个错误，为什么不去布里斯托尔或者普利茅斯？安排每月的主题活动非常困难。上次奇克舞蹈集会上妇女协会表演的团体舞《收豆荚》大受欢迎，受邀加演三次之多，而其中的两位演员（助理干事长很骄傲地说）是年事已高的祖母。对于助理干事长提供的信息我表示吃惊和钦佩，然后我们又谈到英国法西斯运动的创始人奥斯瓦尔德·莫斯利爵士，还有从被单上去除墨迹的各种方法。助理干事长（未婚，自己住一栋小屋）送我到一间宜人的小巧卧室就寝。我们正要互道晚安，她想起来我后天要去

克里姆平顿，就与我说起有关那边妇女协会两个成员的一件不甚光彩的事情，就是有一个人的名字从委员会的名单上不明不白地消失了。这个话题让我们一直聊到深夜 11 点。我们互道晚安就寝之前，助理干事长要求我绝对不要对别人泄露她刚才说到的丑闻，因为别人把此事告诉她的时候曾要求她保守秘密。

乘公共汽车从奇克来到小马奇。公车老旧，一路轰隆作响，但我在午餐前到达了目的地。镇子上医生的姐姐在预先说好的地方接到了我。这是位年迈的太太，带着一条狗，喜欢谈论打猎。演讲在下午 3 点开始，地点是个可爱的庐舍。演讲会组织紧凑，程式比较正规，给我很好的印象。医生的姐姐是会议主席，她把我介绍给听众。不幸的是，她在最后一秒钟记不起我的名字了，我及时地自报家门，她说"当然，当然"，然后我就开讲瑞士旅行印象。我刚刚发言完毕，坐在前排的一位会员就跳起来说，今天演讲的话题对她来说特别有意义，因为她曾在瑞士住过一段时间，将近十四年，对那个国家从东到西、从南到北的每一寸土地都特别了解。(我本人在瑞士只待了六个星期，那是十年前了，而且只是在洛桑市那一个地方。)

大家喝茶，吃点心（味道颇佳)，唱了团体歌曲，然后会议宣告结束。我又坐进医生姐姐的那个已然熟悉的两座小车里。我向医生的姐姐祝贺她们妇女协会的良好运作，她笑了笑，又谈论起狩猎。

晚间寂静无事。医生回家来，年纪颇大，带着两只狗，他也谈论狩猎。10点钟我们分头就寝。

10月3日 早晨与医生、医生姐姐、几条狗和那个两座轿车道别，乘火车前往克里姆平顿。演讲是在下午，不想到得太早。火车穿过乡间，停了许多站，有一次换车，在冷风中等候挺长时间，期间喝了杯鲍威尔牛肉汁，暖暖身子。

一辆高级轿车在车站等着我，看上去同样高级的专车司机搭眼看了看我和我的行李，脸上露出不以为然的表情，但他也只能把我和我的行李载往克里姆平顿宅邸。宅子的男管家从屋里出来迎接我，带着我走过宽旷而寒冷的石壁廊道，来到同样是宽旷和寒冷的客厅，然后他就出去了。在客厅遥远的另一端，弱小的炉火在钢质炉门后面微微闪烁。我朝那边走去，一路经过诸多镀金小桌、庞大的椅子和沙发、装满了瓷器茶具的橱柜以及几张巨大的写字台，那上面摆满了镶嵌在银质相框里的不计其数的大小照片。男管家又突然出现，用手中的托盘向我呈上一份《泰晤士报》。这报纸我在火车上已经仔细看过，但出于礼仪，我拿过报纸，再次浏览。男管家若有所思地看了看壁炉里的火。我希望他会走过去，再加上些炉炭，但他只是那么看了看，然后又转身出去了。这时莫德林·克里姆普夫人走了进来，她起码有九十五岁了吧，而且像块石头一样听力欠佳。她穿着黑色衣裙，很合时宜地裹着一个皮草披肩。她拿出一个喇叭形器具放在自己的耳边，我对着它讲了几句话。夫人微笑，点头，显然是一个字也没听清（这倒也无所谓，反正我也没说什么要紧事情）。过了一会儿，她建议我们去我要住的房间。我跟随她蠕动般缓慢行进，走了足有四分之一英里，这才来到二楼。卧室巨大，中间摆着一张老式的四柱立帷的大床。夫人离开后，我用一个黄铜小罐里的温吞水简单地洗漱了一下，又像往常一样注意到，当气温降到一定程度之后，自己傅施的面霜只是让鼻子和下巴呈现出闪亮的瘀青颜色。

去吃午饭的时候我心里怀着小小的期待，希望餐厅的炉子烧得暖和一些。进了房间，自己心里那微弱的希望之火就自生自灭了——饭厅里同样冰冷，像是在陵墓里一样。在一张红木大圆桌前，克里姆普夫人和我坐下。她说，你不介意吃个冷餐吧？我摇了摇头作为回应，不想又朝她那喇叭形的听筒吼叫（其实我心里很想大喊一声：“我不要吃冷餐！”）。我们吃奶油兔肉，喝咖啡，享用玛丽饼干。

两人的交谈自然是有一搭无一搭，抽风一般。我只好四下张望，打量墙上挂着的诸多肖像（都是些戴假发的绅士和胸部丰满的女人）。墙上还有一张令人不快的绘画，上面是一只死鸟，流着鲜血，躺在一些橘子和蔬菜之间。（想知道，富有良好艺术修养的亲爱朋友露丝对此有何感想。）吃完午餐，我们到客厅小坐，那里的炉火已是奄奄一息。克里姆普夫人说，她本人不能参加我的演讲会，但是妇女协会的副会长能很好地照应我。她还说，希望我会喜欢演讲会之后的朗诵比赛，许多参赛会员都很机巧，其中的一位讲一种方言，特别有趣。我听她说着，向她点头、微笑，同时冷得浑身打颤。还好，不久就有一辆汽车开了过来，带我去镇子上。演讲会在一个阅览室举行，房间里很温暖，我马上就选了一个离大煤油炉子很近的位置坐下，当时觉得好像是进入了天堂。协会的副会长是位身着蓝色衣裙的心宽体胖的女士，她非常老练地主持会议，由我宣讲我们的孩子阅读什么。听众对演说反应良好，然后大家就共进茶点。茶水挺热，烫了我的嘴，但我喜欢那温度。朗诵比赛开始了，我重新抖擞精神，作为评判人看着一个个参赛人登台献艺。第一位朗诵者的表演不是很成功。她的诗歌我此前不曾听说过，叫作《咱们区的妇女协会》，稍后知道此乃这位表演者的原创。接下来是吉卜林的作品《古庙战笳声》，朗诵者激情饱满地颂唱：“让我们钟爱的国旗高高飘扬！”然后一位年迈的参赛人上台，朗诵旧诗《矿》。这人的演绎极其戏剧化，让人印象深刻，只是发声较含混，大概是讲一种方言，观众们基本听不懂。最后确定，“我们钟爱的国旗”荣获一等奖，《矿》赢得二等奖。我向胜出者颁奖如仪。非常不幸，在评论参赛者表现的时候，我即兴说道，《矿》的表演以方言进行，妙趣横生。后来才知道，那年迈的朗诵者并不讲什么方言，只是口齿不清。当然，等我了解到这一点时，事情已经无可补救了。

聚会延长了，我颇感欣慰，但是好时光也总有结束的那一刻，我随后就必须回到克里姆平顿宅邸那个北极苦寒之地。傍晚，克里姆普夫人与我蜷缩着身子坐在炉箅之前，偶尔彼此说上两句什么话，更多的时候是我们越过那喇叭形助听器彼此点头、微笑。最后我回到那四柱立帷的大床上，盖上那实在太薄的毯子，紧紧抱住一个只是半温的暖铺用的热水瓶。

10月5日　回到家二十四小时之后就严重感冒。罗伯特说，那些妇女协会肯定到处都是细菌。他这话不公道，也没有道理。

10月13日　感冒尚未痊愈，仍然咳嗽，只好呆在家里。罗伯特、厨娘和格莱蒂斯对我不大待见（这也难怪，厨娘和格莱蒂斯都被我传染了感冒）。法国小姐让维姬离我远远的，不过她也表现出富有同情心的一面——她夸张地让维姬走到客厅的窗户外面，从那里向我招手致意，那做

派就好像我染上了瘟疫。不过事态慢慢地缓和了下来，我每天使用的手绢降到了正常数量，各种药品秘方——维珀吸剂、桂皮、樟脑油、大罐子的冷霜——也都放回了浴室里的药品箱。

不知名的善心人赠送我一期新的《文学评论》，其中似乎充满了知名作家对其他知名作家的个人评论。对这些作家来说，这也许挺有意思，对一般读者那又是另外一回事情。而且，这杂志里面的征文比赛好像也是惊人的文学化，我于是知趣地撤退，回归我的老朋友《时代与潮流》。

10月17日　鲍克斯夫人出人意料地发来邀请函：晚会，跳舞，9：30，在她的宅邸。这次不好拒绝，因为鲍克斯夫人还说，她需要罗伯特出席帮忙。而且，社区的参加人选已被刷了一遍，所以也不能就我们收没收到邀请函说道什么。决定置办新裙子，但需要在本地购买，因为我联络伦敦那家自己曾经打过交道的商店时，那里的人很不策略地直接问我，是否忘记了还有部分款项未付清。（怎么会忘记？这类事情常常让我晚上睡不着觉。）去了普利茅斯，买到了非常讨人喜欢的黑色塔夫绸裙，上面点缀着细小的粉蓝两色的小花。法国小姐找出我的那个老旧的紫色天鹅绒茶会礼服（现在当作日常起居服装穿），她把那上面的荷尼顿蕾丝花边拆了下来，对我保证说，这花边镶在塔夫绸

裙上一定 gentil á croquer［非常出彩］。我又买了一双黑色的舞会皮鞋，准备事先每天穿上至少一个小时，以保证晚会时这鞋能舒适合脚。

我很庆幸，姨婆传下来的钻石戒指已经从当铺赎来，正安稳地放在家里，我随时可以佩戴。

罗伯特极具破坏性地评论说，以他之见，跳舞是年轻人的事。我激动地争辩说，年轻，怎么界定？我可不想让鲍克斯夫人在这样一个微妙的问题上替我做出决定。罗伯特只是重复说，也就是年轻人才想要跳舞。我们对此问题的讨论就此打住。我打听了一下晚会上将提供什么样的茶点，因为9点半这个时间不大方便，大概事先不吃晚饭也可以。罗伯特恳请我，当天要像通常一样准备晚餐，而且饭量要尽可能充足，不然他没有力气在晚会上坚持下来。我同意这样确实更好一些。

10月9日　镇子上有传言，说鲍克斯夫人准备举办的是个怪异化装舞会。听到这消息，许多人当时就震惊了。我们的牧师夫人风风火火地赶到我这里，过来时骑着她家花匠妻子的自行车（牧师夫人说，情况紧急，她只好借个车子赶路）。牧师夫人表示，以她的身份而言，化装舞会不成体统，不可接受。如果说只是喷些彩粉，那倒还可以，也就是事后清理头发稍微麻烦一点儿。她问我打算怎么办，

我也没有什么主意与她分享，因为我的塔夫绸裙已经改好了。这时法国小姐插话说，没有关系，她还可以再收拾一下，把那裙子改成风情牧羊女的样式，就是大家在德累斯顿瓷器上常见的那个风格。我无奈地拜托她不要这么滑稽，把我打扮得那么离奇。法国小姐似乎没有听到我说些什么，又疯癫地提出如下几个裙装修改主意：(a) 苏格兰女王玛丽，(b) 法国国王情妇蓬巴杜，(c) 埃及女王克莉奥帕特拉。

我只好建议法国小姐带上维姬到外面走一走。这话让法国小姐 blessée [情感受伤]，于是又花了许多时间劝解她。

与此同时，我们的牧师夫人在客厅里不停地来回走动，满脸的焦虑和愁思。她说：我们问问其他人如何？凯尔韦会怎样想？给她打个电话？

我马上致电凯尔韦家，结果玛丽·凯尔韦挺开心地说，确实是个化装舞会，她决定要打扮成俄国农民——她那服装是地道的俄国货，是她的一个当海员的堂弟许多年前在莫斯科购买的。她又说，如果我没什么合适的戏装，她也许可以借给我一件。我有点儿语无伦次，对她的友好提议表示感谢，然后就急忙挂断了电话。这时，我身边的牧师夫人已经非常苦恼，搅得我也不能静下心来把事情想一想。正当我们心慌意乱的时候，罗伯特走了进来，牧师夫人马上过去，呼吁他的支持。罗伯特说，呃，这事我没给你们讲吗？鲍克斯夫人是在给几个人的邀请卡上写了“请着戏装”，她自己的住家客人也准备打扮起来，但对其他人都说是正装出席。

闻听此言，我与牧师夫人都异常气愤，抱怨了很久之后我们一致同意，*也就是*鲍克斯夫人才会搞这样无聊的把戏，说实在的，我们真不该去参加她的什么晚会，就应该躲得远远的。然后罗伯特就和我安排，到时我们俩开车出去，带上牧师和夫人，一起前往鲍克斯宅邸。牧师夫人很领情，道谢之后离开了。

10月23日　鲍克斯夫人的晚会如期举行。佩了荷尼顿蕾丝花边的黑色塔夫绸裙看上去比较迷人。我在镜子里把自己端详一番，拔去了两根过于明显的灰发，觉得整体形象还不错。维姬甚至说，妈妈你看上去*好漂亮*。不过稍后她又问，为什么*老年人*都喜欢穿黑色衣服？这让我有点儿气馁。

在门口接待宾客的鲍克斯夫人穿着一套华丽的东方服饰，全身挂满了珍珠串子，蜂拥在她周围的是那些住在她家的朋友，个个也是珠宝闪亮。鲍克斯夫人雍容优雅地与来宾握手，但基本上没有正眼看人。我很想走上前去，抓住她的双肩把她晃晃晃，迫使她正经看一眼哪怕一位她自己邀请来的客人。当然我控制住了自己这个无稽的冲动，乖乖地跟在其他人后面走进那个宽阔的会客厅，在那里，房间一端的高台上，乐队正演奏着轻快流畅的乐曲。

我们的牧师夫人身披配有榴石的轻纱，带着牧师去跟熟人说话。罗伯特被鲍克斯夫人以命令的口吻叫到了一边（她是要让他去衣帽间当小工打杂还是怎样），一个打扮成哈姆雷特、看上去挺讨人嫌的来宾跟我打招呼，我定睛一看，是潘克顿女士。她马上以责备的口气说，你怎么没穿戏装？说实在的，我倒真想有那么个狂欢节的劲头闹腾一下，因为心里正气闷呢。我问她扎斯珀在哪里——我想，她那个文学界的小跟班应该装扮成了美女奥菲莉娅吧——潘克顿回答说，扎斯珀回归了文艺圣地布鲁姆斯伯里。潘克顿小姐又说，没有扎斯珀，什么事情也做不了。我支应着说，可不是嘛，那当然，但心里不想再听她讲什么扎斯珀或者布鲁姆斯伯里。我跟玛丽·凯尔韦说起话来，她确实是俄罗斯农民装扮，看上去还不错。我随后跟玛丽的丈夫跳了舞。我们见到社区的许多熟人，他们大多数人都没穿戏装。在人群中我还非常意外地发现了布伦金索普家莫德表姐的身影，她在舞场里挺欢实地蹦来蹦去，舞伴是个矮壮的男人。玛丽的丈夫告诉我，那位先生是个打猎的好手。

鲍克斯夫人的那些住家朋友都化了妆，穿戴着昂贵的服饰，看上去档次很高。他们彼此搭伴，懒洋洋地跳舞。

晚会上也没人把宾客彼此介绍一下。

罗伯特走出来宣布晚饭准备好了，欢迎各位就餐。（原来鲍克斯夫人派了他这么个差事。）大家就都拥挤到餐厅里，领到了可口的三明治和不知其名的饮料。我在餐厅里没有看到鲍克斯夫人的住家客人。罗伯特脸色阴沉地对我说，那些人好像正在书房喝香槟，自饮自乐。我宽宏大量地说，希望香槟有毒，把他们都药死。罗伯特嘘我，让我小点声，但我觉得在这一点上他跟我的感受相同。

晚会上又一件出乎我意料的事就是在那里见到了年迈的布伦金索普太太。她上下一袭黑衣，脸上是一种无怨无悔、勇于自我牺牲的圣徒表情。她坐在戏台下面的一张巨大的扶手椅里，脑袋上面不远就是一只激烈奏鸣的萨克斯管。显然她不明白，也不能解释为什么此时此刻她会在这里。我试图跟她说上几句话，但耳边呜哇作响的萨克斯管让我们交谈不成。不过我还是听到一些支离破碎的言语，就是莫德表姐要她怎样怎样，她本人如何不肯耽误年轻人的幸福和欢乐，再就是她与我们在一起的日子已经不多了…… 我努力听她说着，朝她点头、微笑；再想一下，觉得自己的反应不对，于是皱眉、摇头，以表示我对她境况的深切同情。这时弗罗比舍先生邀请我跳舞，与我谈论起古旧家具和禽鸟。鲍克斯夫人的住家客人重新出现了，他们手里拿着气球，分发给各位来宾，就好像是给聚会的小学生们分发面包。晚会就这样一直进行到半夜。

乐队突然奏起了乐曲《友谊地久天长》。鲍克斯夫人大声招呼，大家一起来，大家一起来，她同时指挥所有的宾客站成一圈，手牵着手。这个过程十分混乱，我看到年迈的布伦金索普太太被人流裹挟着，漂离了自己坐着的那张大椅子，她一只手拉住我们牧师的胳膊，另一只手揪住一个不知姓名的年轻男子。我们的牧师夫人表情痛苦，因为她在慌乱中与潘克顿小姐牵起了手，而这人是她根本不能容忍的。罗伯特的左边是个体形庞大、身穿猩红色服装的陌生人，右边是莫德表姐。我则恐慌地意识到，在我的一边是主人住家客人中一个非常令人讨厌的年轻人，而在另一边牵着我手的就是鲍克斯夫人本尊。宾客们就这样纠结着踢脚起舞，一同歌唱《友谊地久天长》。这歌的第一段大家唱了一遍又一遍，因为没人记得下面的歌词。等到这歌的乐曲终于结束，大家都深深地松了一口气。

鲍克斯夫人好像折磨我们还不尽兴，又指挥乐队奏起了国歌，我们只好再高歌一曲，然后才得以向鲍克斯夫人道谢告别。

回到家里，我在镜子里打量自己，再次意识到一个不容否认的事实——每次晚会之后，自己的形象都比晚会之前差了不少。也许天下的女人都是如此？说不好，但我又自责地想到，自己的这个念头，就像自己的很多其他念头，是不够大度的表现。

罗伯特说，你怎么还不就寝？我答，我写日记呢。罗伯特温和但又明快地说，你那就是浪费时间。

我上了床，但心里还悬着问题：罗伯特是对的吗？

一切自有后人评断。

译后缀语

严格地说，中国人现在对英国人的称呼是错的。英文里有“English”和“British”的区别，而我们混而称之，就说“英国人”。对此，身为“British”而不是“English”的苏格兰人、威尔士人和北爱尔兰人很有理由提出抗议。要想准确，我们应当把上面那些人集合起来称作“不列颠人”。当然“不列颠人”这字眼儿有点儿怪，听上去好像是说一帮疯子。

不管被叫作什么，现如今英国人在中国的声誉挺好。据说看电视剧的人有个鄙视链，看国产剧的不如看日韩剧的，看日韩剧的不如看美剧的，看美剧的不如看英剧的。崇洋媚外，此为一例，而英国文化是崇与媚的顶端。

英国文化怎么就尊贵起来了？考究起来，其中一个原因大概是英国有阶级。

阶级哪里都有，但英国有固化了的阶级，也就是贵族制度，这就吸引了不少讲求“贵族气质”的国人。在美国这样的国家，阶级是用财富来定义的，你有钱，你基本上就是上等社会的一员了。美国是由开荒者创立的，后来入伙的也都是来自世界各地的移民，纽约港湾里自由女神像下面的铭文就说："交给我，你的那些困苦疲惫的大众，那些无家可归、颠沛流离的百姓……"一大堆穷人本来谁也不比谁强多少，其中有人挣了钱、发了财，就成了上等人。与此相较，英国的情形就复杂一些，因为那里的阶级，除了钱财之外，还包括家世、品位等等因素，简单来说就是贵族传统。

英国的贵族大概起源于公元500年左右，那时盎格鲁－撒克逊人（真正"英国人"的祖先）征服了不列颠岛屿的一部分。又过了五百年，另一拨人从大陆来到不列颠，领头的是诺曼底公爵。此前此后出现的贵族中，既有坐地的大户，也有在征伐中崭露头角的骑士，比如"二战"时期的英国首相丘吉尔的祖先，约翰·丘吉尔，就是因为军功而被封为马尔伯勒公爵，世袭罔替。丘吉尔首相本人是个平民，因为他的父亲是家里的次子，公爵头衔被他哥哥也就是丘吉尔首相的伯父继承去了。从广义上来说，类似丘吉尔这样的家族构成了英国的贵族阶级，是英国上层社会的核心。

贵族制度有诸多弊端，但它也有一些正面的影响，其中之一就是重视和推崇传统，有助于避免因为暴发户的突然兴衰而造成价值观念和行为准则的动荡多变。你看，英文里的“阶级”一词，“class”，有两个主要的意思，一个是指人的财富和政治地位，另一个则是指人的品位和情操。比如什么人说“She has class”，这里的“class”就是用的第二个含义，是说这位女士比较雅致，有格调。

在西方主要国家里，美国自其创始之日就没有正式的贵族阶级，法国、德国和俄国的贵族阶级都在近现代的政治革命中烟消云散了，只有英国，在一系列的改革之后保留了它的贵族制度。因为如此，英国社会在更大程度上保留了对于上层阶级的某种尊重，这种尊重不仅仅是对经济和政治地位的承认，也是对于传统和品位的珍惜。这其中的前提，当然是那些所谓上等人物的行为符合社会和历史赋予他们的角色，表现出一定的责任感和领导力，有公众事务方面的担当。

作家乔治·奥威尔年轻的时候在英国的殖民地缅甸当过帝国警察，他后来根据自己的这段经历写了一个短篇小说，叫作《枪击大象》。村子里的一头大象发疯了，毁坏了村民的田地，还踩死一个人。年轻的警察是当地方圆多少里范围内唯一的英国殖民官，他被叫去处理这个危机。警察带上步枪，追踪大象来到现场，他在前面走着，身后跟了一大群当地土著，都要看看这英国佬将如何作为。年轻的警察心里十分恐慌，他从来不曾经历过这种场面，而且他也实在不想杀死那头大象。但是，他身后那一两千土著炽热的目光让这年轻的英国人意识到，如果他在这时表现出任何软弱无能或犹疑不决，大英帝国在当地的权威形象就会轰然坍塌。他知道，自己无论如何必须表现出充分的镇定，采取果敢的行动，承担起肩头的责任。年轻的警察据枪、发射，打死了大象，然后心惊胆战着以沉毅坚强的形象离开了现场。

奥威尔写作《枪击大象》的本意是描述大英帝国的外强中干，但他的这个作品也很形象地表现了英国文化的另外一个方面，那就是对于责任感和领导力的强调。试想，历史上小小的英格兰能够吞并不列颠，然后又将其势力推展到世界各地，建立起一个全球性的日不落大帝国，它的文化必然有其过人之处（英国殖民印度期间，区区二十万英国人统治了大约两亿土著）。大概是出于这种原因，传统上英国民众对于一个具有支配能力的上层阶级还算是比较认账的。人们当然可以说，所谓上流社会常常就是摆架子，但是，如果上流社会能把这架子摆得好，摆得靠谱，对社会有示范作用，这也算是能耐。

上流社会自然引起了不少人的仰慕，特别是中产人士，他们时时刻刻都想着要强调自己高于普罗大众的档次，不愿意被误认为社会底层。中产阶级把自己区别于劳苦大众的办法之一，就是认同上流社会的价值观，模仿上流社会的生活方式和文化品位，有时是物质的，有时是文化的；有时来得比较勉强，有时又表现为一种可爱的上进心。

《乡间夫人日记》中的女主人公就是这样一位中产人士。她居住在乡间，具体地说是英格兰的西南一隅，远离了繁华的首善之地伦敦。夫人的丈夫显然有份舒适体面的工作，她本人则是个家庭主妇，每天对付家里的各项杂务，比如管理佣人，计划开销，此外并无专门的职业和工作。乡间夫人是典型的中产阶级的一员，而且是上进心颇强的一员。她对于上流社会的行为方式极为关心，努力以此为标准改造自己。她时常研究时尚，希望自己在衣饰装扮方面能够跟得上潮流。她迫切希望自己能够到法国海滨度假，虽然那种生活方式有点儿超出了她家的经济能力。在所有这些方面，我们的女主人公有个对头，也就是鲍克斯夫人。鲍克斯夫人财力雄厚，地位优越，算是上流社会的一分子，而她偏偏有盛气凌人的个性，在生活中给了实力稍逊的日记女主一些大大小小的难堪，这就让我们的乡间夫人愤懑和激动。

乡间夫人虽然不满于鲍克斯夫人的“压迫”，但她自己其实也有很强的等级观念。比如，作为家里的女主人，她难免与帮佣打交道，但是因为各种原因，她常常不能降服那些桀骜不驯的佣人，她为此深感懊恼。

难能可贵的是，我们的乡间夫人也意识到阶级不仅仅是财富地位，还应该是知识、品格和公益心。因为如此，夫人对自己高标准，严要求，孜孜不倦地试图提升自己的修养。她认为自己应该多读好书，虽然她读起来常常不知所云。她认为自己应该浸润在艺术氛围之中，但深奥神秘的现代艺术总是让她困惑不堪，而她又抵死不愿在高雅的朋友面前承认这一点。她自诩为当地小镇上的一个头面人物，所以要努力发挥自己的领导作用，致力于社区公益。她是当地妇女协会的活跃人物，积极谋划团体的活动。她还被邀请到外地的妇女协会做演讲，即使她还没有富贵到拥有自己的车子，只能被人接来送去。镇子上要建立一个会堂，夫人努力为此筹款募捐，慷慨出借自己的花园作为义卖会场地。镇子上的布伦金索普母女势单力薄，相依为命，我们的女主人公自认有义务扶助弱者，虽然她有时又把这种责任看作额外的负担，常常因此心生怨言。乡间夫人的所有这些作为，一方面是因为她总的来说是个心地善良的人，另一方面则是因为她把自己视为镇子里的上流人物，尽管她的对头鲍克斯夫人经常质疑这一点。不论她的动机是什么，乡间夫人所表现出的责任感和上进心是英国社会文化的一个重要组成部分。正是因为有了这种责任感和上进心，英国乡下那种安静而又井然有序的生活才成为可能。

曾几何时，中国也有贵族，而且是品质不错的贵族——这里不是说那些皇亲国戚，而是指传统上的士大夫阶层。在中国漫长的历史中，士大夫是一个重要的存在，他们集学者与官员两个职能于一身，既有文化品格，也有实际能力，还必须有公益心，也就是那种天下兴亡、匹夫有责的使命感。这样一个精英阶层在传统中国起到了事实上的贵族作用。在另一方面，士大夫出身于科举考试，身份通常并不传给后代，他们作为一个阶层，总有新生力量加入进来，形成一个动态而又固定的存在。从这个角度来说，中国的士大夫传统还优于一般的贵族制度，因为它既为社会提供了一个精英团体，又保持了这个团体一定程度上的开放性。以旧时代的标准而言，中国在这方面做得不差。

时光流转，到了公元19世纪，世界局势大变，中国传统士大夫的学识和功能落伍了、不合时宜了。在经历了西方列强的连续打击和蹂躏之后，中国人在痛苦中废除了科举制度，士大夫阶层随之消失，而中国也就进入了大众革命的时代。就当时情形而言，大众的革命不可避免，有其正当性。但穷人的革命把中国旧有的精英文化荡涤一空，这也是事实。在革命成功后的毛泽东时代，中国的现代化有了些起色，而当时的各项改造则建立起了一个相对平均的社会，百姓彼此之间没有太大的差别。只不过，平均主义限制人的主观能动性，不大利于经济发展，大家的日子因此过得紧巴巴的。70年代之后，中国积极改革开放，前后不过三四十年的光景，经济空前繁荣，大家普遍受益，只是有些人受益较大，有些人受益一般，有高富帅、白富美，也有这丝那丝，彼此的境况开始有了差异。

改革开放后中国社会重新分层，这是个新现象，历史很短，所以在这过程中形成的所谓上层社会大致是以金钱铺垫起来的，还说不上什么历史传承和文化积淀。这也很自然，在改革时代挣了钱的人，很多是由底层打拼而来的第一代，并没有很多时间去讲求风花雪月或类似的事情。这样，我们如果把当今中国的上层社会称为一个 class，使用的更多的是这字眼儿的第一个意义，亦即财富地位，而这字眼儿的第二个指谓，品格、品位和传承，大概也还只是在形成之中。因为如此，如今中国的许多成功人士对于自己的地位和形象还是没有很大把握，常常需要到境外寻求认可。

中国的新富阶层钱那么多，还需要向西方世界寻求认同，缺乏自身的道德号召力，那么中国的芸芸众生，尤其是不上不下的中产阶级，面临如何定位、何以师从的难题，也就毫不奇怪。这个状态的结果，就是大家确认自己存在的方式大多是物质的，包括住什么房子，开什么车，孩子上什么学校，自己用的包包是不是香奈儿、爱马仕或者路易 · 威登。类似这样的问题，其实并不是什么新鲜事情，你看《日记》中的女主人公就都经历过。她花了许多钱，把孩子送到私立学校，却发现这类学校越来越多，自己并没有走在别人的前头。她与多年未见的同学重新聚首，仔细记下那同学“居住在一个独室公寓，养了两只猫，自己在气炉上做饭”。她到一个富贵人家做客，便钦佩那里阳台上的椅子“个个四平八稳，绝不吱呀作响乱摇晃”。只能说，但凡有阶级的存在，这样的攀比之心也就在所难免。

不过，如上面所提到，阶级可以是财富，也可以是品格品位，如果阶级的存在确实不可避免，那大家也许可以更多地想想作为品格品位的“阶级”。《日记》女主人公家的花园虽然没有别人的大，但她热心出借，为公益举办义卖会，这就很好。不管她的行为是否出于沽名钓誉的目的，是否是装样子，她能够这样做，有益于社会，就算是有品格。应该说，当今中国人生活在一个需要装、正在装，但装得还不是很像的时代。需要装，是因为有社会阶层的存在，大家努力装，向上靠，希望自己被认作是高档次的人物。但是装亦有道，可以是物质的装，也可以是文化的装，物质的装就是以钱财和商品刷存在感，而文化的装就是要表现出较高的品格品位。人类原是动物，本性就是多吃多占多享乐，如果有人愿意装一装，控制或者掩盖一下自己的动物本能，那就算是高尚了。所谓文明，其要义也不过如此。至于如何装得像，那也算是门学问，如果觉得力有不逮，则不妨参考一下这本短小的《乡间夫人日记》，其中有些伎俩，有些失败的尴尬，也有不少乐子。

说到乐子，英国人的幽默感也受到了他们阶级传统的影响。因为阶级意识相对较强，英国人总的来说比较内敛。作为上等人，在仆人劳工面前总是要有点儿架子，站有站样，坐有坐相，谈吐要得当，不能随便嘻哈二六五。作为平头百姓，得知道自己的位置，不能僭越，不可以没有分寸乱搭嘎。另一方面，人也不能永远总是板着脸，你再神气，也还是需要放松和消遣，在人看不到的时候有点儿情感的宣泄。既需要严肃，还需要放松，这样两个文化因素互相作用，结果就是一种比较含蓄的英国式幽默，其中文化底蕴更多一些，需要人静心品味。早年的林语堂先生把“humor”（或者如英国人所写，“humour”）翻译成“幽默”，既幽且默，也是强调在貌似寻常的事务中看到乐子。

美国人也说英语，但较之于英国人，他们的幽默更加豪放，更加响亮，属于让人开怀大笑的那种。大家都是平民出身，彼此间也没啥忌讳，谁也不要嫌弃谁没文化，讲个笑话，逗个乐子，你我开心就好。因为如此，美国人幽默的来源往往是夸张。什么事儿有个什么特性，你顺着这个茬儿把它往大处说，说到离谱的程度，事情就好笑了。这就是美国人所谓的“tall tale”（相当于中国人说，“那家伙，老高了，有多高，你听我跟你唠……”）。比如马克·吐温因之成名的短篇小说《卡拉维拉斯县驰名的跳蛙》，故事中没有后腿的斗犬和被喂了铁砂的青蛙，实际生活中不大可能，但这种夸张凸显出文中人物的狡黠，让人觉得比较好笑。

与此不大相同，英国人幽默的要素之一是反讽。美国人的夸张是顺着事情往大里说，而英国人则是逆向而行，事情越不是那样，他越要把它说成那样，而且往往说得很认真，挺冷静，许多铺垫。这样就创造出一个效果，可以叫作非常真实的不靠谱，也就是说，细枝末节越确切，与事情本质的反差越巨大，而这种反差就是英国式乐子的重要来源之一。就《乡间夫人日记》本身而言，我们的女主人公本质上是个中产的家庭主妇，但她自认为是有档次、有文化的上流人物，行为常常表现出这样的思维和定位。比如，我们的夫人会与小镇上的同伴不着边际地讨论，是不是可以邀请萧伯纳这样的文豪为她们小小的《教区杂志》撰写文章，也会与教区牧师夫人讨论喜马拉雅山地区的教育状况。夫人爱子心切，尽心为儿子收集“奇异鸟喙”之类的香烟盒卡片，为此，她在火车上向陌生男性旅客讨要用过了的香烟盒。这事本身很小，没有什么，但须知我们的女主人公平常总是想以上流夫人的形象示人，所以她在火车上的行为就显得比较乖张。而且，大概是出于英国人不随便与陌生人攀谈的习惯，我们的女主人公也不向对方解释自己讨要烟盒的原因，结果那先生就认为这女人是找借口跟自己搭讪，这对于我们非常在意身份和形象的夫人当然是大不敬。有上档次的愿望和决心，但往往做不来很高档次的事情，我们的乡间夫人常常因此陷入尴尬和挣扎，她的故事也就为我们这些读者提供了开心一笑的机会。当然，笑罢之后，我们大概也能在乡间夫人的身上隐约看到我们自己的影子。

既称《乡间夫人日记》，文体自然是日记，这使此书的翻译具有一定的难度。日记文字自然比较简约，而且既有故事的叙述，还有女主人公记事时的主观色彩。这其中的细微之处，比如言辞的真假，口气的强弱，有意无意之间的褒贬抑扬，需要译者留意，也需要读者品味体会。乡间夫人的日记看似烦琐，但它把油盐酱醋茶与文学、意大利现代艺术、上流时尚等等话题混在一起讲，表现出女主人公生活中不上不下的地位，正是这书可乐的地方。在文字体例方面，乡间夫人喜欢使用斜体、大写、繁多的标点符号以及不少法语词句，以表示语气的强调、思维的层次和个人的修养。就这方面而言，夫人是个不经意间下大力气写作的人。日记主人的这些文字特点，译者也尽可能地予以保留和呈现。

《乡间夫人日记》采用日记体，在一定程度上也是因为这书有自传的成分。小说作者 E. M. 德拉菲尔德出身于一个伯爵家庭，后来嫁给一个工程师，定居于英格兰西南部安静的乡间。应该说她对于英国的上流社会、中产阶级以及英格兰的乡下生活都比较熟悉。我的朋友金婕·弗罗斯特教授就此话题为本书写了一个介绍，这里我不赘述。弗罗斯特教授就职于美国桑福德大学，是英国妇女史方面的专家，她的著述包括 *Promises Broken: Courtship, Class, and Gender in Victorian England*, *Living in Sin: Cohabiting As Husband and Wife in Nineteenth-Century England*，以及 *Victorian Childhoods*。她此次应允介绍德拉菲尔德及其作品，我表示感谢。在本书的出版过程中，三联书店的王竞女士多有帮助和指点，谨此致意。

上面本人拉里拉杂地发表了一些议论，所说有没有什么道理？借用一句乡间夫人的话："一切自有后人评断。"

李　泾

2016 年 2 月，匹茨堡，杜肯大学